U0123133

大叔旅韓記

陳志鴻 著

春日瑞山海美邑城的油菜花

春

一個走出熱帶的人，
在首爾的春天街頭碰上一場雨，
應該要知道眼前的絲絲縷縷有個更美的名字：春雨。

夏日東九陵的丁字閣

夏

七月初雨中有雷，
那是雨把赤道故鄉的聲音，
他在北國重溫過去三十多年的熱帶夜(열대야)。

秋日景福宮

秋

那是一個午後，
山頂小房出奇寧靜，
他才驚覺蟬聲已成絕響，
秋天正透過窗口渡以這個世界一口又一口的涼氣。

冬季兩水里雪景

冬

十二月下旬再降一場細雪時，
一個雪地裡打滑過的中年人學會說，
這是我生命中的第一個嚴冬。

那一日在山頂上，秋風告知熱帶人：
涼與冷快分不清，不能不加衣了。

秋日天空花園的紫芒草

目錄

春

一門課牽下的紅線 014
流年出國避難？ 019
事後始知的被擄經過 023
首爾大學宿舍蒙難記 028
一個隨時出境者 033
春雨再美，還是要打傘 037
跟年輕人混在一起 042
受傷的初級班老師 049
世界是一塊寫滿生字的黑板 055
櫻花的冷與熱 061
只許住一季的歇腳地 067
準備另一張臉 073

舌頭才說真話 077
迎接小紅帽 082

尋幽

在首爾尋找漢城 088
在江南，我穿得夠體面嗎？ 094
古墓派未竟的追尋 099
聽見山中的暮鼓晨鐘 104
坐等黑夜，只為燈亮 109

夏

以一本護照換取兩個詞 114
山頂築巢記 122
赤道人陌生的熱度 128
以現地學習之名 133
兩水里的夏與冬 139

結緣

最好的人間味 146
永不逾期的禮券 152
佛光山的數飯之恩 156

秋

熬過三伏天 162
海雲台的一場婚禮 166
中級班的老師 170
不丹小弟的喬遷宴 175
五大古宮尋秋 179
在高麗大學打盹的午後 183
天空花園與鐘錶店 188
握筆的手也握菸 192

入鄉

供奉一個書魂 198
堂堂一國的門面 203
愛國教育的養成 209
一城默許的流淚方式 214
聆聽壁畫的心事 219
冰棒與可可脆片的教訓 225
觸犯外國人的禁忌 230

冬

布下棉被的陷阱 236
第一眼初雪之後 240
觀詩畫取暖 246
為妻進宮去 251
高一班的「國際關係」 256
南山的聖誕與樂園的荒涼 261
二月年節下春雪 265

你必須決定要成為誰 270

學語

雪人模範生 278
外語會讓人願意說真話 283
必須去韓國學韓語？ 287

又一春

在北國等著的最後一個學期 294
活在戰爭休息的時空 301
由狗帶路看怪象 306
日子已經是倒蓋的沙漏 311
你不知道的菜色還多呢 315
下台之前必須先上台 319
您是韓國人嗎？ 324
後記：十年之後 336

春

一門課牽下的紅線

春天有兩種：一種先上枝頭給點顏色，一脈香才跟著隱隱傳來；另一種彷彿大霧蒙眼，只能待它漸漸散去以後，才會出現一張笑臉。

三十一歲那年，他騎著一輛摩托車跑碼頭教幾處大專。要到一所私立大學兼課教古典小說時，系上有同事先告知，那屆大一生裡邊有位從韓國回來的女年長生。當時在大專教書已經六年，踏入不管人數多寡的陌生新班，他都有一定的應對能力。聽著同事提起那位年長生，心裡只有一句，別說下去了，他寧可懵懂無知去迎接一切。

然而，入耳之話終究隨著入班，變成一張「先入為主」之網。他發現後排有位中性打扮的高大女生，戴著一副黑框眼鏡，剪黃梨頭，身穿T恤牛仔褲，一

堂課下來倒也規規矩矩，年長又有何關係呢？他自以為那一張「先入為主」之網已經幫他捕獲該有的對象。不，講授古典小說者竟然忘記一點：從來，「錯認」是古今中外的戲劇小說最常用的老梗，以挑戰觀者的期待感。重要的人物往往不會馬上出場，更不會讓人一眼瞥見。

不知第幾堂課過去，就在「危機意識」幾乎蕩然無存時，他在班上問一道問題，要學生自由發揮。有位坐最前排的高額女生開口作答，他聽後直批一句沒有創意。他不知道那是一把利箭，已經誤中原先要找的目標。某日黃昏，他從另一所私立學院的圖書館出來，碰上那位高額女生帶著兩位彷彿左右護法的同學出入。向來，私立或國立大學的學生（尤其中文系）都覺得自身學校的圖書館藏不足，會不辭老遠來這所私立學院影印資料做報告。那位高額女生朝他促狹一笑，喊了一聲「親愛的」。喊者也許無意，命運卻是有心讓這一句變成事實，他後來真的成為她的「親愛的」。

「親愛的」，是英文「Dear」的直譯；華人表達「我愛你」時，終究只是一句「I love you」的譯文。在傳統的感情世界，「心疼」與「可憐」已經近乎愛的境界，不能更放肆了，讀一讀《紅樓夢》即知。從前，師長們給學生上課時，都以莊重的口吻稱呼「諸位」；他自己跑碼頭時，另外找出「親愛的」三個字，再以玩笑口吻稱呼學生，希望能夠拉近距離，緩和緊張的上課氣氛。不想，這一句「親愛的」倒成了迴力鏢，他挨了一擊。

受「輕傷」者終於開竅：原來班上真正有兩位年長生，其中一位是從韓國回來的高額女生，常常身穿馬來長袍（baju kurung）當制服，準備課後在大學延伸教育中心教授韓語。但，這跟他有什麼關係？他對早已風行亞洲的韓流不感興趣，自然不會特別關注這位頂著韓國光圈的年長生。

幾乎同個時期，他還曾踏入一位女裁縫師之家，進去一間充滿少女心事的房間，給出奇沉默的小男生補習，抬頭一牆貼滿元彬的海報。當時，身邊好友聚會，總是感嘆長今與閔大人的情深，他卻只當作是不會久吹的時代耳邊風。最接近韓國的時候，是大學時期選修過一門韓國歷史課，負責教授者是位矮小的韓國中年先生，常穿色彩低沉的短袖格子衣，一臉悲悽以英語吃力地講述韓國歷史。較能觸動昔日念中文系者，卻是這位中年先生在黑板寫出朱熹的「半畝方塘一鑑開，天光雲影共徘徊」時。聽著副修韓語的同學平日喊「선생님」（老師），他的耳朵卻更喜歡聆聽日語的「せんせい」（老師），便不曾細究韓文底下埋伏著無數漢字詞。

更遠的島上小學歲月，他還身穿白衣藍短褲時，漢城奧運推出可愛的小老

虎「虎多利」（호돌리）作吉祥物。《光華日報》不時報導韓國大學生上街示威，讀後心底只有一句「又來了」。上美術課，他用一種韓國製造的顏料，色調亮麗得脫離現實。連顏料都做不好的國家，能夠有多好？他就是不曾想過第一座檳威大橋還是韓國現代公司負責建造。

既然過去不是哈韓者，一位韓國回來的年長生，他需要當一回事嗎？偏偏，他在國立大學還兼一門課，總會出入校內東亞圖書館，這時又碰見那位高額年長生來找資料。一旦獲悉他享有借書的福利，她竟然要他幫忙借出幾本不曾編入電腦系統的韓文書，說話口氣以同齡人相待。那一句「親愛的」實在給了她方便，她幾乎忘了眼前人還是她的老師。那些久擱書架的韓文學術書籍，一直跟其他日語書籍並排，在放眼幾乎都是中文書籍的空間裡，是屬於備受冷落多年的少數。難得有人青睞，他怎麼能夠不幫忙，好讓這些書可以見天日？

捧著一疊韓語書，他找中文部負責人幫忙，卻聽她說，這些書得找懂韓文的人幫忙輸入資料，幾天後才能外借。然後，她帶笑問了一句，你看得懂？他不願意為陌生人撒謊，只好含笑擠出一句，我需要用到。幾次下來，他都手捧一疊書去為難人，去給人添忙，再接獲同一道疑問。如今，隔了快十五年的歲月，哪怕是遲了的回覆，他終於可以說，因為生命中的一段姻緣，他看得懂了。

有一次，在東亞圖書館樓下要告別時，那位年長生聽他說要騎摩托車去谷中城商場買月餅，她說，我送你一程。從此，在私立學院碰見他下課時，她都說願意開車送他一程到地鐵站去領摩托車。婚後他才知道，她覺得年紀都不小的男人，還騎摩托車出入教書，似乎太可憐了。但，可憐是可怕的沃土，會暗中滋養一切情感，讓它茁壯成長。

及至要寫畢業論文時，她準備回首爾大找資料。談話之間，她透露有一件愛穿的毛衣破了一個小洞，問遍了坊間許多手工編織店，都說救不了。他說拿來吧，她一臉不可置信。他從彩虹色毛衣前幅剪抽一些線補救，另外縫上一個口袋掩蓋「小傷口」。她不願欠下人情，要請他吃一頓飯。請客地點是韓人區，她點過什麼菜，他早已忘記，只有一物上桌時，令他十分驚訝，卻令她十分得意。那是一個發亮的不鏽鋼大碗，裝著一坨麵，放著辣椒醬，擱有幾片梨，還有一堆冰屑。熱食了三十多年，他該怎麼吃？

於是，坐在那家韓國餐廳的一對男女，各有各難言的笑意。難道，那一刻他們已經在春天裡？那餐廳的名字叫「大使館」（대사관），似乎已經預告著：從感情的春天，總有一天，他將拿著一紙簽證走入韓國的四季之春。

流年出國避難？

二〇一二年的二月不肯倉促結束，多了可貴的一天。二十七日夜晚，帶著三十六歲生日的記憶，一個剛離職者抵步韓語盈耳的國度，排了一個長蛇隊，才獲得蓋章入境。那時，首爾已經有春天之名，街上枯木卻還吹著冷風幫冬天站崗。花開，從來都需要等待。

趁著女兒才一歲半左右，還懵懵懂懂，不會鬧著要父親陪伴，妻說，你就出國去吧。那時，牝雞司晨，國賊當道，而他的人生早已步入窮巷，只能撤了一份十多年的保單，帶一筆小錢，重新坐進韓國語學堂當年長生。

每有代課老師踏入班上，瞥見了一個不該在的大叔，左手無名指戴著象徵未明的戒指，就會走近桌邊。問了姓名歲數，總會附上一句「결혼하셨어요？

（您結了婚？）」他是個負氣敏感的大叔，心裡總是抱著「妳既然想知道，我就徹徹底底告訴妳」，便說：「네，딸도 한 명 있고요.（是的，還有一個女兒。）」不肯罷休者還會追問：「부인이 어디에 계세요？（尊夫人在哪裡？）」聽見他沒帶太太來，就更驚訝，那太考韓國人的想像力。一個本應在職場努力掙錢的大叔，怎麼可以拋妻棄女混在小弟弟小妹妹堆裡邊上韓語？

只有一次，他曾在班上當眾透露，來韓之前，曾在影視製作公司上過班。那是令（外行）人欣羨的職業，可以見到（馬來西亞）明星模特兒主播，出入各家電視台，前景卻不太穩定。公司沒有自身的電視台可以放映，只能仰各家電視台之鼻息。他有個堂皇的職銜，是創意總監，時而上班開會、參與劇本分場，時而居家閉門擬概念書（concept）或計畫書（proposal），寫幾集劇本，時而奉命對外兜售可以拍成連續劇的故事。入行的同事都各懷夢想，公司急於求存卻不能成全，大家只能做老闆所謂的「市場要的東西」。

某夜下班後接獲一通電話，不是直屬的香港上司，而是背後打本創設公司的馬來西亞大老闆打來，對方滿懷興致分享說，剛看了一部關於雍正的連續劇，覺得納吉（當時的馬來西亞首相）很像雍正，要推行很多政策，卻受到身邊的人左右。大老闆希望他以納吉為中心人物寫電視劇計畫書。那一刻，受薪者才發現自己只是御用文字工作者，這一行還能幹下去嗎？

去意已萌，卻沒有後路可退。他還能重回各大專跑碼頭嗎？顯然，那一道門也關上了，國立大學中文系剛經改朝換代，碩導恩師榮休，重新上位者是從來都不太願意錄用他的老同鄉。他勉強教了一個學期，便黯然（被）「退休」。至於私立大學中文系準備搬遷，剩下路途遙遠的私立學院，都不能想了。

赴韓，是不消一個下午的決定，情勢已經使然，不能不走這一步。那一日，妻擅自拿了他的八字去算流年，回來說了一句，你明年似乎流年不利，要不要出國一趟？他竟然說好，兩人坐地板上拋出可能的去向，台北、香港、新加坡、東京……，最後，只剩傳統與現代並容的曼谷與首爾可以考慮。不到一分鐘，缺乏四季的曼谷出局，首爾獲得最後的勝利。當然，妻說得沒錯，對要寫東西的人來說，經歷四季太重要。如今回頭再想，其他亞洲城市都只是首爾的陪襯，妻早已知道他應該何去何從。

遠在決定赴韓之前，妻見他對工作不滿，卻不容易脫身，老早暗中幫忙鋪下後路：替他報讀韓語班。她知道丈夫不會願意拜在自己門下，只好讓別人賺學費。當時，他手上還持有飯碗，吃著一塊雞肋，肚子又不會太餓，會積極學習新語言嗎？

儘管是個不太認真的學生，每個星期三他卻暗中期盼不要被公司會議耽擱，可以依時搭地鐵下城，去親聆持有韓國護士文憑的女老師授課。課後歸來便算盡責，他總是將功課擱置一邊。這時，命運施展了善於顛倒的本事，將昔日的年長生化為嚴師，讓她開始督促丈夫。榨腦的工作是給人最好的藉口，可以敷衍身邊的苦心人。有一次，妻終於忍不住，將他從家裡的電腦桌帶往戶外的咖啡廳，要他學好「아／어／여요」語尾。她知道他不當一回事，就教得火大。最後，不受教的男人只能有一個下場：交由韓國來好好教育他。

工作辭掉了，藉口跟著沒了，坐韓國春天課室的男人知道自己的人生正經歷著冬天。為了遠方的妻女，他不能不有點上進心，要好好當個老學生。聽見老師問到「왜 한국어를 공부하세요？（您為什麼學韓語？）」，他還有點羞恥之心，知道不應該據實回答：學了就要現賣。

然而，光有企圖、使命、目的之類是不夠的，還必須有一股動力才能學習下去，才能在生命的嚴冬自我燃燒下去。幸虧，那不是太難之事，閱讀胃口本來就很大的中年人，可以坦然給個令所有韓國人，還有自己都滿意的答案：한국어 책을 읽고 싶어서요（因為我想閱讀韓語書）。這樣的抱負，總能等到春天花開吧？

事後始知的被擄經過

也許，二〇〇八年婚後他就應該清楚，家裡娶入一位韓國臥底，遲早他會被溫柔地擄往北國。十多年以後再回首二〇一〇年與二〇一一年的兩回秋天之旅，那乍看尋常的出遊，他終於看出一層不太尋常的意義：原來，那都是二〇一二年赴韓的事先鋪排。親愛的臥底，수고했어（辛苦妳了）。

婚後的最初，韓國只是一把不太悅耳的聲音，帶著幾個單句跟單詞，再配搭一副笑臉，不時闖入他的耳目，以欺負未能聽懂的中年人。到了二〇〇九年某夜，他播放胡金銓一九七九年上映的《空山靈雨》DVD，那是一部爭奪經書殘卷的武俠電影，邀了韓國臥底共看，卻發生一件她可以利用的事情。

戲播一半，韓國臥底驚呼一聲，認出戲中「中國寺院」的真身，說是韓國

慶州名刹佛國寺（불국사），還有慶尚南道的海印寺（해인사）。他上網查詢才發現：豈止這一部電影「移花接木」，胡金銓同期的另一部古裝鬼片《山中傳奇》（一九七九），由於不便進入文革後的中國拍攝，也從韓國借景營造氛圍。本屬視覺動物的中年人，從此不能不對韓國另眼相看，那裡竟然有古中國畫意的風景。

翌年，不勞他人費上太多唇舌，韓國臥底一說深秋要「回」韓，那早已開眼動心者，還能違命不去？顯然，一位受訓多年的臥底知道該以最美的季節籠絡人心，她選了銀杏葉鋪地，滿目金黃的時節，帶著執拗的枕邊人踏入占地不大卻別有雅趣的景福宮（경복궁）。那落在一方湖心的香遠亭過目難忘，竟是以周敦頤的「香遠益清」（〈愛蓮說〉）命名。

那一日，沿著光化門廣場（광화문광장）走去不遠的市廳，就在德壽宮（덕수궁）碰上衛兵交接儀式，那是韓國要給外客的見識。踏入裡邊，東方與西洋建築並陳，石造殿辦著一場西洋畫展，喧囂的人頭在學習附庸風雅。離開德壽宮以後，沿著石牆路走，不知不覺走入市內最幽美的地段：貞洞街（정동길）。至今，還有一首老歌〈德壽宮石牆路〉（덕수궁 돌담길），吟唱著失戀者雨夜隻身徘徊的悲淒。

那一年深秋，手持著初嘗的紅豆鯛魚燒冰淇淋，韓國臥底還帶著他在江南區的宣靖陵（선정릉）散步，那是旅客常常忽略的好去處。眼看著韓國人在古蹟裡邊席草地野餐，享受著快走到盡頭的秋日，一個世遺城市出身的島民對生活最深沉的渴望被喚醒了。

踏入首爾國立中央博物館（국립중앙박물관），走經陌生的一物，停步讀了底下的標示，題著「옷欌」（衣櫥）。「欌」字究竟何解？那是第一次，他還不知道韓國有自創的漢字可以拋出來考驗客人。看著裡邊展覽的漢文詩，韓國臥底又會趁機給他一些自信，說，只有我們還讀得懂，大部分韓國人都讀不懂了。但，那些奇怪又別致的漢字怎麼辦？

步入市中心地下層的教保文庫（교보문고），那是首爾，甚至韓國最大的書店。裡邊一櫥又一櫥的書，裝幀都十分之精美。從來，透過吉隆坡紀伊國屋，他只知日本出版業發達，卻不知道韓國一點也不遜色。站在一堆研究中國文學的韓文書籍前，看不懂那象徵著「天地人」的「ㅇ，ㅡ，ㅣ」，他只能捕書脊上剩餘的漢字瞎猜書名。頓時，一陣挫敗感湧上來，打擊了一個愛書人，卻讓往後的韓語學習師出有名。儘管還是「韓文盲」，他卻不厭其重，提著四冊的《紅樓夢》前八十回韓譯本離開書局。身邊的韓國臥底默許此事，想必以為愛人已經立

心要學習韓文。

那一趟，他們還踏入《空山靈雨》的世界，去了一趟慶州佛國寺。不想，韓國在那裡以最絢麗的秋色款待遠方的來客，準備入廟隨喜之人，倒變成戶外的賞楓客。翌年，韓國臥底要處理公事，又邀他初秋同行。抵步之際，秋色不濃，觸目還是夏綠，但有什麼關係呢？看過一回的深秋，從此就是一個知道秋色的人，已經能夠預見未來的前景。

經過一年的閱讀，他發現自己過去太信任韓國臥底。第一次的韓國之旅任由她帶著走，以致走到光化門廣場前，她止步一問，你還有什麼地方想去，他卻不能不反問，妳還有什麼地方可以帶我去？由於留下太多的遺憾，他不肯再浪費機票，第二次赴韓之前就自己做足功課。他終於逛了不曾被帶往的北村（북촌）、曹溪寺（조계사）、奉恩寺（봉은사），還重返國立中央博物館，以找出看漏眼的國寶二百八十七號百濟金銅大香爐（백제금동대향로）和國寶七十八號金銅彌勒菩薩半跏思惟像（금동미륵보살반가사유상），並去了一趟仁川（인천）老街跟江華島（강화도）。

如此積極的態度，想必讓韓國臥底覺得非常不安。她帶了一個人入門，對方卻比自己還瘋狂，快要取代她。原來，韓國臥底不缺接班人，就是這樣培養出來的。世人只知北韓間諜的可怕，卻不知道韓國臥底更可怕，他能夠不為文記錄嗎？

宮殿石牆。

首爾大學宿舍蒙難記

人的一生當中，總有一些時候：你以為自己在生活，到頭來看著往事重播時，才會發現自己只是在演出。這時，不管經歷過多少悲哀，你已經是台下觀眾，終於可以真正破涕而笑了。

一切的發生，都可以歸咎於赴韓留學之前，他跑牙醫做檢查猶不足，還別有心思上眼鏡店，花了一點小錢去配製一副粗邊黑框眼鏡。命運從來就心細，一旦獲悉他有角色扮演的意願，要將眼鏡當作一副假冒「韓國仔」的道具，就讓這位不知天高地厚者從此在異鄉不管經歷些什麼，都像演出。

往事既然如戲，看著重播當兒，這位大叔隨身攜帶著登場的物件，都是不能疏忽的道具，先是影響人物的心情，關鍵時刻還會發揮作用，可以左右情節的發展。當時他揹著電腦背包，裡邊有一架備用電池已壞的筆記型電腦，右手提著一個長筒帆布軟行李袋，左手拉著一個二十八吋的大型行李箱，都是禦寒的衣物，還有幾本旅遊書。

這樣累贅的裝備，碰上坡道特多的首爾，只有悲哀。他看著錢包辦事，覺得在外的日子還長，不能才到異地就隨意攔下計程車。他決定提著沉重的家當出入深邃的地鐵站，偏偏首爾地鐵站多半在地下，以便北韓來襲時轉為防空洞。電梯不容易找，出入口又多半不設電扶梯，上下長梯時只能走走停停。首爾不能說是個無情的城市，但人人都太匆忙；偶爾交上好運有人相助時，心裡就充滿感激，彷彿盡力的演出已經獲得打賞。

悲劇真正發生之前的一晚，事情已經露出不太順利的兆頭。他下機入城，踏入江北地帶新設洞（신설동）巷子裡邊的一家民宿，裡邊有他太太的友人一邊守著店，一邊等著他。甫見面，對方即用北京腔中文嗔怪說，你怎麼這麼遲。是的，都排隊一個小時，只能怪仁川機場移民廳效率低，不然誰願意在機場多待一刻呢？不由分說，他已經被判為「遲到者」。

翌日，他尚未嗅到別人的嫌棄，依舊聽從太太的吩咐（「有什麼事，你就找這位朋友幫忙」），想勞煩這位「太太的朋友」陪同去對面銀行一趟，好開個戶口。卻見對方雙眼直盯著異鄉客，說了一句，你來了這裡，以後什麼事情都要靠自己。嘗過了人情冷暖，他頓時清醒過來，便獨自越過馬路，用結結巴巴的韓語說話不成，乾脆改用英語把話說清楚，然後付一千韓圓開個戶口，將揣在身上的一筆錢存入，再辦一張提款卡。

從民宿退房之前，這位身心早已變得敏感的大叔踏入一家小店，坐下點個拌飯，櫃檯後的廚房站著一對夫婦備餐，不斷傳來日語「ばかやろう」（笨蛋）的辱罵聲，偶爾夾雜韓語「일본」（日本）一詞。受傷的異鄉客不能不多疑，這一把辱罵聲是自他點餐之後才冒起的，是誤當他是日本人？他不免想起二〇〇七年背包旅泰時，在蘇可泰歷史公園廢墟裡走動，遙遙有個日本人誤當同胞，用日語跟他打招呼。當然，他的膚色黝黑，只能冒充沖繩人。那一頓飯吃得實在不安樂，辱罵聲一直充當店裡的配樂。

飯後退掉民宿房間，當天只要搭上二號線地鐵，再轉校巴下首爾大九二一宿舍，那一日的任務便告完成，不會太難吧？不，第一步就走錯了。他拖著沉重的行李出巷拐右，朝著東廟（동묘，關帝廟）方向走去，準備尋覓新設洞站六號出口。有個人由後趕上來說，方向錯了，那是民宿兼職的小弟。有個願意指路的人冒現，他心裡都是感激。他按照指示，經過一號出口不入，再過一條馬路才發

現六號出口。

好不容易下了地鐵站，又碰上一台準備私吞紙鈔的充值機。幸虧一對韓國夫婦出手相助，弄了半晌，才逼充值機吐還飯錢，他的心裡又是一陣感激。換另一台機充值完畢後上路，他卻發現自己已經掉入地底大迷宮，遲遲未能找獲二號線月台的標誌。瞥見了一位在掃地的大媽，他不能不繼續試探一座城市善意，忙問未來的去路。

搭上了地鐵，總算給一起顛簸多時的行李找獲暫時安定之處，人終於鬆下一口氣。二號線是一條圓形循環線，從屬於江北地帶的新設洞站，到屬於江南地帶的首爾大入口站，約莫五十分鐘，那已經足夠讓一個需要抬動行李者享有難得的平靜，再慢慢恢復元氣，以迎接下一場體力挑戰。到站以後，爬上地面的大叔終究太天真，以為渡過漢江便改運，眼前馬上會出現首爾大校巴的車站迎接自己。不，什麼都沒看到，他不得不走去麥當勞詢問售賣咖啡的小弟，才知道還要往前再走一小段路。行李再度跟著上路。

行至站牌下，那裡已經站著一位打扮華貴的太太，大叔跟她確定是首爾大學巴士車站後，用英語聊天起來。對方很驚訝於一位外國人對韓國歷史的理解，他不禁透露中學時代曾讀過朝鮮王朝末年的歷史，大學時代又讀過一點。這位夫人手拎一袋東西，準備要去首爾大宿舍探訪女兒。

巴士開動以後，他才驚覺首爾大有點偏僻，離市區十多分鐘車程。下了巴士，那位太太陪走一段路，到了女兒宿舍就不得不先告別。那個冬末初春的下午，暮色似乎提早來到，他領著行李走在吹起冷風的山路上，一碰見有位戶外抽菸男，因為不願多走一步冤枉路，馬上趨前問九二一宿舍的位置，對方說往前走右拐就到了。

摸到了九二一宿舍，推開玻璃門進去，左邊一條走廊分出兩旁有點殘舊的房間，為首第一間是敞開大門的辦公室，裡邊坐著一位年輕人。他步入告知是來報到的，然後出示入學證明書。對方看電腦螢幕滑動幾下滑鼠，就下了這樣的判詞：沒有你的紀錄。他馬上說，我可以打開電腦給你看。此時，那一架電池壞掉的筆記電腦終於發揮它在這場戲的作用：無法當場出示電郵。即便能打開又如何？那一位年輕人不等人解釋，已經先板起臉，說，我不想看。一連兩天，他都經歷不由分說，只能由人下判的情境。

頹然走回宿舍大廳，玻璃門透露外頭暮色漸重，眼下是一堆無法安頓的沉重行李，想到還要拖著揹著提著從原路走出去，再搭校巴回市區另覓屋瓦遮頭，一陣悲憤湧上來。文字本是憂患根源，他偏偏又想到「流離失所」四個字，那更為自己平添許多悲哀。於是，那一個下午，身體的疲累，被誤當心靈的絕望。

一個隨時出境者

監考員抱著一疊東西進場，陸續有年輕人步入，將一個個空座位逐漸填滿，他突然當眾霍地站起，逕自走出首爾大考場。他是少數提早進班者，前一晚還在汽車旅館捧書備考，待瞥見考卷那一刻卻乍然驚醒：我既然不準備在首爾大語學堂念書，還考什麼分班試？

前一晚，他對首爾大已經動搖，卻還猶豫著。透過臉書跟妻聯繫，她說轉讀慶熙大學，那只是回到最初的建議。當時，他對首爾大還有最後的留戀，不能當即決定去留。首爾大到底是他自己的選擇，礙於不能直言的面子問題，不能不撐到最後一分鐘。

妻已經遠在天涯，在韓國吃虧的中年人知道不能不有近援，終於拉下面子，透過臉書跟旅韓同鄉聯絡。同鄉要了汽車旅館的電話號碼，馬上給他打來，一把鄉音當即摸著內心最柔軟的部分。複述了狀況，他終究無法有明確的決定。蓋掉了電話，一夜也沒有任何天啟。

步出考場以後，他的方向才清晰起來。走往首爾大的 Korean Language Center 辦公室，問江北蓮健區的韓語班，卻聽這學期沒開初級班，他更加鬆下一口氣。關於退款，開課週之內申請可以拿回百分之九十，隔週只剩百分之七十。這時，突如其來的天啟讓他醒覺太重要的一件事：他在韓國的身分。他問：要是申請退款，我的D４學生簽證還有效嗎？會不會成為非法居留？首爾大女職員說不清楚。他已經不能不抱最壞的打算，隨時淪為非法居留者。

一旦決定辦理轉校，妻與慶熙大來往的信函都以韓文為主，只能勞煩同鄉隨時充當翻譯員。二月二十九日當天，約好同鄉在回基站見面，見對方尚未現身便有點焦急。瞥見一對說著話的情侶，他深呼吸了一下，趨前用英語要求幫忙撥打電話，對方卻臉無表情，是碰壁了。這樣的事情只是提醒入韓者：你實在需要別人的幫助，還有，英文不是通用語，你得學好韓語。

終於，曾在慶熙大語學堂上課的同鄉來了，帶著他抄小巷，登坡道，至國際教育院辦理入學。敲門入辦公室，裡邊有同鄉昔日的恩師，兩位來客趕上有人慶祝生日，分到了一點喜氣入口。但，辦理轉校時，有個棘手的問題浮現：轉校者是否需要重新入境？慶熙大不曾遇過這樣的個案，只能聽憑移民廳裁決，後天（星期五）才能給個答覆。由於知道他急於辦理首爾大退款，慶熙大額外開恩，在學費都未繳納之下先發一紙入學證明書，讓他可以重新申請簽證。

中間隔著特別漫長難熬的一日，是韓國三一節（星期四）公假，一切似乎停擺，他只能在民宿乾焦急。此時，他看著錢包辦事，早已搬離江南區汽車旅館，又搬回江北區民宿。

三一節那一日，整個民宿空蕩蕩，午後只有幾記鐘聲傳來，敲響了那裡的寧靜，附近似乎有寺院，卻無心去探究。他既然準備轉讀慶熙大，還是難逃分班試，必須窩房溫書。但，明天，那即將來到的明天，才會知曉移民廳的「判決」，那已經是會令人分心的未來。要是必須重新入境，錢囊羞澀者還得多花錢飛往免簽證的港台。

三一節是韓國人一九一九年發表「獨立宣言」，以從日本殖民手中爭取獨立的日子。在二〇一二年的三月一日，卻有一個馬來西亞大叔寄望慶熙大能夠幫忙自己爭取豁免重新入境。他坐困民宿，在那個下午凝望著顛簸四天的行李，裡邊有不少妻幫忙裝落的寶物，還不曾挖出開封，包括分量甚重的燕麥。

這些頻頻遷移的日子，只能拿出必需品應急。這時，他不能不苦笑，自己跟電影中倉皇逃亡的匪徒沒有兩樣。寶物是到手了，卻無暇慢慢欣賞。也許，這些行李只是跟著主人歇一歇腳，又要上路了。

春雨再美，還是要打傘

有些詞彙，習之而不能即用，數十年後才會派上用場。那日，他步出首爾市一號線的回基站，腳下一路都是潮濕，中午的天色已近黃昏。沿途下著不太沾衣的毛毛雨，手中無傘者走著，卻突然停步重新認識世界。眼前這一場似有若無的雨，已經不能當作尋常見。一個走出熱帶的人，在首爾的春天碰上一場雨，應該要知道眼前的絲絲縷縷有個更美的名字。翻一翻記憶中的詞彙抽屜，他找獲年少已經熟悉的一詞：春雨。一個詞彙，終於在他鄉遇見一道適合的風景。

都托「春雨」之福，一個個春天的詞彙趁機湧現，照亮了周遭世界，讓疏忽者重新注意當季的風物。一位心情不太愉快的人隨即發現，街上本來不太友善的一陣陣冷風，已經變得可以原諒，那是聞名已久的「春風」。原本宛如千頭萬緒的毛毛雨，又碰上手上沒帶傘出門，卻因為有「春雨」一詞，讓人有了可以欣賞的興致。是詞彙，那經常出入古詩詞的華美字眼，可以粉刷暗淡的心情，拯救一時的低落。

但，現實終究是不能不兼顧的威脅，這位冒著春雨趕赴分班試的大叔知道自己不能病倒，他的確需要一把雨傘。在有畫意的春雨中，他等交通燈更綠換紅後，便越過一條大馬路，推門進一家便利店。他找獲一把雨傘，換算成馬幣，竟要三十九令吉[1]。權衡輕重之後，他掏出錢包。春雨再美，還是得打開傘，將它擋在外面。

那一日的分班試考場，是落在必須爬上陡峭坡道的國際教育學院，腦力未用，先考了腳力。收傘入場後，得先接受筆試而後口試。筆試部分越後越不懂，口試部分聽得懂，卻支支吾吾答不出，最後以尷尬的笑容做句號。口試完畢不久，那一位女老師似乎顧及他的自尊，很客氣地帶笑問，你不介意我將你分去初級一？都辭職來韓，他早已預留兩年時光，不妨徹底重新開始。後來，妻才透露，當時訪馬的慶熙大趙副院長獲悉筆試與口試成績後，曾當面問她：妳不介意我將妳先生放在初級班？他給的理由：文法還好，但口語不行，上課會有困難。

分班已定，鳥兒得找棲身之地。長住民宿的話，以一日九十令吉為準，一

個月得花掉馬幣一千八百令吉，太奢侈。這時，不能不勞煩同鄉找房子，他念博士班之餘得忙錄音補貼生活，曾抽空陪同走逛幾處，挑剔的大叔都沒看中。韓國獨有的考試院（고시원）始終是較為惠實的選擇，有提供白飯泡菜，可以省點膳費。在大學附近找考試院，還可以一併省下交通費。

通常，考試院都有狹窄走道，房間窗口面向走道者便宜，不附浴室者又更便宜。中年人如此想像，考試院像古代上京備考者，要久留京城又缺盤纏，只好住進客棧小房度過一段歲月。考試院房間出奇窄小，門一開，可以直跳床上，坐床上伸手可摸左右兩牆。據說室小不容易分心，但對初入韓者來說，免抵押金，不必簽約，不設門禁才是重點。

找房子未能合意，慶熙大再次施援，撥出近回基站的一房給他，但租期只能三個月，一次繳費兩千七百令吉。慶熙大沒有太多校內宿舍，往往在校園外租一棟樓當二房東，再分租給學生。他住進的那一棟樓，其租約快滿，慶熙大似乎不（能）續租，他是末代寄宿生。

1 馬來西亞幣（RM），一令吉約為七元台幣。

遷入當天是三月五日（星期一），他在開學日課後，匆匆趕往辦公室弄齊一堆文件，搭一號線下鐘路三街站，再轉三號線下安國站跟同鄉會合。當時移民廳人滿，已經不許再拿號碼，幸虧有人遞來一張兩千三百四十一號，卻仍需等上百多人。兩個小時後電光板發出呼喚，一直陪同奔跑的同鄉上前充當口譯。最後，付了韓圓四萬，更正了入境資料，延長了逗留期，申辦了外國人登錄證，他才鬆下一口氣。

那是一個需要打傘的陰天，同鄉陪同回到新設洞領取行李。此時，大叔已經知道有些錢不能省，應該雇一輛計程車。於是，來了一位短髮女司機，一次裝完所有行李。到了回基站附近，女司機在巷口停車，幫忙開車門，讓人感受到這一座城市的殷勤多禮，他只能鞠躬道謝。同鄉將大行李搬離車尾箱，一起坐電梯上樓開門，兩人同時驚嘆於單人房之大，附設浴室與廚房。

此時，身分有了，住所有了，錢也提得出來了，他才覺得真正的春天來了。搬離新設洞前，他曾手持一張提款卡，跟一家跨國銀行的提款機搏鬥三天，始終不見鈔票的吐露。直到瀏覽網站，才發現持有儲蓄戶口（saving account）者，需要按支票戶口（checking account），便衝上街再試提款，才通關成功。中間，已經兩番寫信去美國總部，卻不見任何回應。那時，口袋裡只剩三天飯錢。

十年後，在首爾大待過的妻說，都說首爾大是老派大學，會有不少問題，你還是要去。遠在二〇一一年第二次赴韓談公務，妻已經對慶熙大透露自己的先生有意去首爾大，當時裡邊的教授都勸阻說，來慶熙大，有人照應比較好。他卻不改年少的氣性，要嘗試走自己的路，卻鬧笑話走回老路，依附在最初的一把傘下。

慶熙大國際教育院。

時光重來，他曾乖乖聽從安排嗎？不，也許就為了深切地領略四個字，一位大叔在三十六歲那一年不能不陷入「狀況百出」的境地。

跟年輕人混在一起

大叔（아저씨）是個封號，必須有人，而且是年輕人來加封。加封他者，是十八歲的不丹小弟，班上其他同學跟著叫開來，他的本名「진지홍」（陳志鴻）只限於拘謹的女生跟老師共用。所幸赴韓之前，他已經看過一代花美男元彬主演的《大叔》，有了很好的心理建設，知道「大叔」可以是成熟男子的美稱，就笑著領受。

初到韓國時，他潛伏在一堆天之驕子裡邊上課，可以隨時沾光說：我的同學多半是獎學金得主。慶熙大的趙副院長曾在辦理轉校時，指出兩條路任選：等一個月後，上十週的正規韓語班；下週即上課，跟一群「聰明的年輕人」上十六週的密集韓語班。有孩子的人揮霍不起奶粉錢，必須善用在韓的每一日，他需要儘快上課，才不會有不務正業的罪惡感。

班上桌位排成ㄈ字形，他左手邊坐著不丹小弟，起初有點散漫，口頭禪是英語那一句「我不知道」，常說班上其他人都有基礎，獨有他從零開始，老師又教得太快。時而，這位小弟會在人前露出老實得可恥的一面，坦承自己最大的問題就是課後從不複習，那已經挑動一個人的神經。當過老師的大叔自掏腰包來韓上課，覺得這位不丹小弟太浪費韓國納稅者的錢。

課一結束，這位不丹小弟馬上活躍起來。他喜歡召集班上其他獎學金得主出席各種迎新活動。人的信心都呈枝椏狀態，這裡長不出，就會從另一端冒出來。這一類以活動取代課業的學生，過去大叔已經見過太多，還是會為之動肝火。心裡總是暗呼，不丹小弟，你能不能好好讀書，貴國國王還是牛津大學畢業生呢。

後來，不丹小弟學了幾句韓語上口後，就直接用來「調戲」第一時段的鄭老師。「調戲」二字似乎是略微嚴重的指控，但十年過去了，大叔始終想不到還有更恰當的詞彙可以描繪一個十八歲少年輕浮的舉動。也許，不丹小弟像許多畏懼老師的學生，嘗試要在禮教森嚴之地，將老師拉到齊肩的朋友關係才心安？

有一回，巴西同學護照掉在地上，不丹小弟瞥見了，竟然偷偷撿取藏起來，準備跟一個太認真的人開玩笑。大叔是一隻在後的黃雀，登時皺眉瞪著那一隻螳螂。班上這位巴西同學長得像鴕鳥，是個嚴肅的求知分子，忍受不了人口密度高的聖保羅，出入必須擠上公共交通，才決定離鄉求學。跟他一起去過韓國練歌房後，大叔才發現另有一半不曾說出的真話：原來，這位巴西少年還是少女時代的粉絲。

過去，他忙著從自己的角度看班上的眾生相，卻還需等到十年以後，才發現人數只有十二位的班上，曾有一人納悶一群馬兒當中，怎麼來了一隻奇怪的斑馬。有一回課後，面對面在學校食堂吃飯，戴眼鏡的巴西少年終於問那一隻斑馬來韓的目的。大叔說，我想學點新東西。後來（同一年），他在臉書上讀到巴西少年的父親榮獲博士學位的貼文，才明白過來巴西少年對大叔的好奇。

這位說巴西葡語的少年很快便交上韓國女友（還是韓國女生交上他？），並受邀擔任校內的葡語老師。他跟班上另一位黑瘦的東帝汶（葡國前殖民地）女生共享葡語遺產，偶爾說著只有彼此明白的語言。許多年以後，大叔驚嘆葡國之美，要去旅行時，才痛悔一事：當年分明有兩位老師在眼前，怎麼就不曾想過要動口學點葡語？

另一位同樣喊他「大叔」的斯里蘭卡男生，有一張尖削臉，蓄著山羊鬍和上唇鬚，說著一口流利的韓語。一星期大風吹一次，輪到大叔跟他為鄰時，凡有生字，他必記錄在火龍果紫紅色本子上，然後偷閒背誦。從韓國回來以後，數度動念要去斯里蘭卡時，總是後悔當年不曾深入理解這個一度有過美麗名字的「錫蘭」。跟人對話之前，自己的腦子裡也得先有點東西，不是嗎？

由於分屬鄰國關係，馬來語又是祕密的共用語，大叔跟戴頭巾的汶萊女生一直是知己知彼的關係。一到休息時間，總有一位衣著時髦的高䠷迦納黑人女生會從鄰班走過來，在門口一站，班上會進入一小段歡樂時光。那時，總有人會帶頭起鬨，對汶萊少女喊，「여자 친구가 왔어요．（妳的女朋友來了。）」其實，光說「친구가 왔어요（朋友來了）」也行，大家偏要強調「女子」（여자），然後一陣咯咯笑。

金髮瑞典女生較為嚴肅，愛皺眉，身材總是令人想起摔跤手。她曾在中國南京念過書，中文程度深藏不露。她其一的小小苦惱：亞洲人常分不清「瑞典」跟「瑞士」。有一次口語考試抽籤，大叔跟她配對，以進行角色扮演。年長者自然而然當「醫生」，她是上門求診的「病患」。

那時，多虧一位孟加拉女孩，班上有點夢幻氣息。她有一雙滴溜溜的大眼睛，透露著一腦子轆轆轉的怪主意。她說話嘴角帶笑，語氣特別輕，彷彿踮腳尖走路，不時還會發出一聲短吁，似乎要給生悶的世界度一口活氣。才開課數日，她已經嚷說，受不了韓國餐，有太多調味。她傻里傻氣地說，我要回國一下，吃點咖哩再回來。大叔說，妳在這裡只有五年，妳往後還有五十年可以跟自己的祖國朝夕相對。

大叔左邊曾坐著羅馬尼亞少年，是個「夭折生」，跟所有人只有兩天緣分。他長得高頭大馬，有著詩人的陰鬱，上課卻極度認真，不時舉手發問；偶爾，其中一隻手會用來托腮。才上課兩天，第三天起他的座位就空下來。後來，才輾轉得知醫生診斷他有「心病」，不適合生活在陌生的他鄉，必須輟學回國。當時，不曾有機會告別，大叔多麼想告訴那位回國少年，忍一忍，你一定會適應。也許這一句，大叔是想說給初入韓的自己聽？

大叔韓語課

小心尊稱詞尾的運用

在慶熙大初級一韓語班，第一課是以韓國最成功輸出的問候語「안녕하세요？」（您好？）作標題，課本教導外國人各種基本問候語與對答方式。其中一句「어디에서 왔어요？（你來自哪裡？）」，讓他以為往後逢人問起，即可回應「말레이시아에서 왔어요.（來自馬來西亞。）」

三月春天入學後的一日，他帶著幾句問候語下課，踏上校外主街左右的其一魚骨巷。小山坡上有一家敝舊的餐廳，門窗透露一位繫著圍裙的老大媽忙碌走動的身影，他入內找個臨窗座位，吃了一頓嫩豆腐湯。結帳要走時，卻聽老人媽突然問一句：「어디에서 오셨어요？」半是耳熟（至少知道「어디에서」是「從哪裡」），半是陌生的成分（「오셨어요」是什麼？），現成的民間考官在眼前，他只好嘗試回答說來自馬來西亞，老大媽笑了一笑，似乎是答對了。只是，現實的發問怎麼跟學校所教的句子有所出入？

當時，他並不知道老大媽對客人尊重，才捨「왔어요」不用，而改用「오셨어요」，整個句子的意思由「你從哪裡來？」，昇華為「您從哪裡來？」。為了要顯示對聽話者的尊重，說話者可以在涉及聽話者的所有動詞與形容詞後都添加「（으）시」（尊稱詞尾，英文作 honorific marker，相等於中文的「您」，或日語的「御」），再跟時態語尾結合。只是，回應這種帶有「您」的句子時，一定要在腦裡快速將「（으）시」拿掉才作回應，不能直接摘下句尾順口回應「말레이시아에서 오셨어요.（本人來自馬來西亞。）」，只能答「말레이시아에서 왔어

요.（我來自馬來西亞。）」

「（으）시」是個無所不在的地雷，初學者頻頻踩中。另一回飯後歸途，迎面走來一位國際教育院職員，對方突然停步，問了一句「식사하셨어요？（您用餐了？）」。由於腦裡中文、馬來文與英文都給人隨意摘落句尾作答的方便，大叔不假思索（這個惡習必須戒掉！）回應，「네，식사하셨어요.（是的，本人已經用餐。）」一時之間，世界彷彿清場，只剩一個笑彎腰的韓國人，一個愣住的馬來西亞人。儘管當場補上「네，식사했어요.（是的，我已經吃了。）」，卻已經是遲了半拍的追悔。

受傷的初級班老師

慶熙大有一條陡峭的坡道，讓所有上坡的師生都有一副被勞役的背影。初級班三月五日開課天的清早，他踏上那一條考腳力的坡道，沿途的樹木只呈鹿角樣的黑褐枯枝，還替未來要綻放的櫻花守著祕密。手邊沒有鬧鐘，當慣好學生的中年人擔心遲到，數度醒在暗中。

走到一半，瞥見了國際教育學院就可以拋開坡道，拐右擺脫勞役。只是，樓前另有一大片台階等人拾級。踏入學院大堂，會先碰見一座慶州瞻星台（첨성대）模型，一角躲著通往地下層的樓梯。他擠在一群學生中看布告欄，尋獲了名字與課室號碼後，就沿梯下去。順著走廊尋覓，他來到課室前，深呼吸了一下，才一掌推開門。

裡邊幾位說說笑笑的年輕人紛紛安靜下來，收了眼與嘴的笑意，那是不能解釋的誤會已經發生了。待擇位坐落以後，那幾位年輕人都還不曾恢復原來的喧譁，只是不時朝他偷偷低眼一瞥。那一日，他不準備說些什麼，只打算跟一群年輕人等待真正的老師入班，一切將不言自明。

首先步入課室者，是長髮及肩的班主任，燙了離離披披的小波浪，往後十六週都很少去約束這些煩惱絲。時而，這位班主任會一臉倦容，手握一杯咖啡入班，那時堆在肩頭的鬈髮更添毛躁之感。她的臉上幾乎不施太多脂粉，有一對微凸的金魚眼。她努力開些玩笑，還帶頭先露出笑容，大家卻不曾發出笑聲，因為她的眉眼總有一份揮之不散的嚴厲。也許她清楚這一份距離的存在，偶爾會努力將一群外國人帶往課外的世界。她陸續透露一些家常私事：她主修語音學，是個已婚人士，有個需要寄放托兒所的孩子，家在慶熙大附近，丈夫是在三星工作的白領。

有一回，教了「지요」與「는／（으）ㄴ데요」兩個文法，班主任要全班同學入夜撥電去她家，用以上兩個文法進行對話。本來不太喜歡打電話的大叔說沒有手機，她卻說那也得跟人借。那日他一拖再拖，最後才手持課本步落宿舍地下層，霸占了唯一的公共電話。第一次未能撥通，第二次通了，接下來三分之二

的對話就是韓語。翌日，班主任說另有幾位同學不曾打電話，他心裡只有一句：大叔，你太聽話了。

當然，他也有不肯聽話的時候。起初，班主任會在白板寫些生字，碰上漢字詞總是說：「이 한자는 좀 어려워요.（這漢字有點難。）」但，一聽她解說，常常發現都不難明白其中的意思。從此，手上有 ipad 的老學生非常不留情面，不願意等她迂迴解說生字，就當眾先查詢韓中辭典。有一回，她喊了一下大叔的名字，ipad馬上變成一塊不能再觸碰的火炭，需要趕緊把手縮回去。

班主任曾舉天氣預報為例，教完了「겠+습니다」的用法之後，突然冒出一句，我也不懂為什麼這個文法常用在天氣預報上。他將這一份「不懂」謹慎收起，往後的日子不斷翻查各說各話的語法書，直到多年以後才獲得較為有說服力的說法：겠+습니다，是以謙恭的態度對大眾宣布即將發生的事情。

一週五天，班主任會先上課兩個小時，接下來另外兩個小時就會吹起一陣淡雅的輕風，換一位彷彿從古代仕女圖走出來的鄭老師登場。也許，受到了故鄉悠閒氛圍的熏陶，這位原籍釜山的年輕老師態度從容不迫，一直都以最佳的妝容帶笑現身。那不是毫不費力之事，鄭老師曾透露每天得五點起身，才來得及化妝上班。

課後，他常常在校內食堂獨霸一桌用餐。有一回鄭老師瞥見了，以為年長生落單沒有朋友，便說，要我介紹你一些馬來西亞朋友嗎？經過四個小時的課，飽受熱鬧的中年人難得可以獨自冷靜一下，他回絕了那一份善意。

期中考口試是一對一在空落落的隔壁班進行，必須抽籤定先後。輪到他時，就得離座走去隔壁班敲門。進去坐下以後，就先打招呼。他以為鄭老師要開始問答，卻聽一句：「사실은 지홍 씨한테 오빠라고 불러야 하는데……（其實，我應該稱呼你「歐巴」……）」在只有兩個人的課室裡邊，那是一句令人五腑震動的真心話。就輩分而言，理應如此，但就身分而言，眼前人確實是他的老師。

受到妻的鞭策，他勉強用點韓文嘗試寫日記，卻只願意給鄭老師一人批改。發回來的日記只見綠批，字體混在一片黑字中顯得謙卑，沒有朱筆的討伐感。不久，班主任似乎覺得自己不受老學生的尊重，便把大叔叫出來，直瞪瞪看著他，先問了一句，你的日記為什麼沒有給我改？他已經發揮沉默的藝術，她何必自討沒趣啟口一問？接著便是一堆莫名其妙的話：你是不是有什麼不滿，你不要像日本人那樣，只是在背後批評，你應該直接說出來。再一次不由分說，他被韓國人定罪了。

為了安撫師吼，他只好又去文具店買一本簿子，以「公平對待」兩位老師。一旦獲悉他太太教韓語，這位班主任就抓住這點不放，改完日記以後，一直堅持說：你太太應該教了你不少東西。其實，來韓以後，不是跟同鄉請教，就是翻書自修。當時，都怪他太不擅辭令，又受限於韓語能力，未能安撫一位不安的靈魂，他應該說：比起內人，您教了我更多東西。

儘管彼此心有芥蒂，到了五月多初夏要簽租房合約時，班主任受到慶熙大院方的指示，不能不帶他去房產仲介處。事後去一家麵食店用餐時，班主任在談話之間透露自己的祖父曾在北京生活過，懂得中文。透過日記，她知道大叔對韓語詞源極度感興趣，便問：你知道「얼굴」（臉）一詞怎麼

鄭老師以綠筆批改的一頁韓語日記。

來的嗎？她接著說「얼」是靈魂的意思，「굴」原本做「꼴」，是「靈魂的樣子」。

二〇一四年回國以後，慶熙大有教授訪馬。宴客招待時，有人問起大叔曾受教於哪些老師。他一一報上名字，提到初級班主任時，席上有客人竟然衝口而出說：「경희대에서 제일 무서운 선생님·（慶熙大最可怕的老師。）」話已經起頭，不能不說完，以解釋原由。原來，日本學生曾在背後給班主任這樣的封號。時間總算給了昔日無故受到一堆語言轟炸者一個交代：你只是遇見受傷而反撲的靈魂而已。

世界是一塊寫滿生字的黑板

人在學習外語時，世界將以嶄新的面目出現在你的眼前。步入觸目都是「ㅇ，ㅡ，ㅣ」的國度，重新牙牙學語的大叔放眼一看，周遭就是一塊寫滿生字的黑板，等著返老還童者一一去辨認。

起初，課堂上要學「發音」與「認字」，以重新指認每一樣東西。母語已經不能算數，所有熟悉之物都重歸未經命名的「異物」。授課者彷彿保姆，近取諸物，如桌上筆盒，問了一句「이게 한국말로 뭐예요?（這個韓語怎麼說？）」，然後給個答案：「필통이에요．（是筆盒。）」接過老師的筆記貼，初學者可以寫上「필통」，撕下貼在筆盒上，名與實就一起了。慢慢，課室裡邊貼上名字的東西，都是現成的立體字卡。最後，不能不認識難得的人身，一張一

張筆記貼就爬上五官，寫著：嘴巴（입）、額頭（이마）、鼻子（코）、耳朵（귀）、眼睛（눈）……

然而，宇宙之廣，天地之大，再多的筆記貼都貼不完，生詞又是不勝記憶之物，偶爾還會像脫落的筆記貼，不能牢記。倒是那一句「이게 한국말로 뭐예요？」比較管用，可以隨時隨地用來發問。當然，那必須是耳力好的人，他只怕自己未能聽懂答覆，只好多牢記一句「써 주세요（請寫給我。）」隨身帶著出入的書包裡邊，總有一本偶爾需要露面的筆記，可以拿出來讓人捐贈幾個字。

他對學習有心理準備，卻失算一件事：沒有想過老師會「寓樂於學」，要大家玩點遊戲。有一回，班上同學分成兩組，一組得比手畫腳，百般暗示，一組得猜出要表達的單詞。像這樣的活動，學習成效不大，卻可以在笑聲中露出笨拙可親的一面，讓大家的友情滋長。

受限於課本（總是比現實簡單），受限於老師是韓國人（未必知道外國人的生活需求），光靠課堂上有限的詞彙，在韓國生活遲早會碰釘子（當然，越早碰越好）。起初買東西結帳時，聽見一句「봉투 필요해요？」，遲疑了一下，只能答個「네」（好的），以期謎底趕緊揭開。眼見收銀員將東西裝下袋子，始知是問「要不要袋子」。然後，又一句「영수증 필요해요？」他想：買東西需

要什麼證（증）？又發了一聲「네」，一紙遞了過來，就以物證做了最佳的回應。「영수증」的漢字作「領收證」，是個太堂皇的字眼，譯成中文只不過是區區的「收據」而已。

現實總有另一套單詞，是高級韓語課本都未必會（願意）收錄的詞彙，從韓國街頭觸目可見的「모텔」、「분양」到「보쌈」等，朝夕都會出現在上下學的路途，那是一道道或橫或豎的市招。常常，初學者（至少他）有點偷懶，總是先假裝視而不見，心下卻懷抱一種妄想：再隔一段時日，心眼相會，自然懂得。不，未經查詢的字眼，始終是一知半解的懸案。

有些字眼諸如「모텔」，憑著建築外觀，與字眼發音，不難猜對是英語外來詞「motel」。題有「보쌈」二字的餐館，附有一圖呈現切片之肉扇列，堆在白菜點綴的碟子上。雖知此二字是一道菜，但中文怎麼稱呼呢？（答案：菜包肉）簇新建築布條上常有「분양」一詞，不查字典，始終不知道「分讓」作「銷售」之意。現實是一塊不會輕易擦去任何字眼的黑板，日復一日都提醒著不肯查詢字典的懶人：你尚未搞熟這些生詞。

學構句時，老師派下兩張紙：一張要大家自擬五道問題，以攔住校內路人做小訪問；另一張寫著一些暗示，要新生將藏身於校內三處的老師們找出來，然後接受韓語面試。初春換季，他早已病倒，不能不戴口罩（防冷是另一功能）出入，路人見狀紛紛躲避，有人老遠瞥見，趕緊戴上耳機，準備充耳不聞任何呼喚。老大不小的一個人，手拿著紙筆，在時間與冷天的催逼之下，不能不緊張起來，作業究竟要怎麼完成呢？約莫五分鐘之後，他始悟：口罩累人。

口罩一摘，還是令他不放心。見附近設有帳篷招募校園警察，他看準那是無法迴避的一群，趨前抓幾位站崗小弟訪問。從校園一處到一處，都是陌生的地帶，沿途不能不開口說韓語，以找出三位老師的藏身之地。他總是多疑，不願多費一時半刻，只好再三攔人確認，以免走冤枉路。趕至最後一站，是大學圖書館裡邊的博物館，兩位同學已經捷足先登跟老師一起等著。

初時，只覺得這種學習方式太無聊，心中一直嚷著：能不能不要玩這種遊戲？幸虧，他有老臉要兼顧，一旦勉強上陣，就一路盡量催眠自己：你一定要做到。彷彿只是交差，「幼稚的遊戲」告畢，從此可以忘記，但生活最終會告訴他：你私下的學習方式，不比老師的安排高明多少，有時還是異曲同工。迷路求助時，口吐一句早已背好的「길을 좀 가르쳐 주시겠어요？（能給我指路一下嗎？）」，他心裡突然一亮：那曾經視為「遊戲」的經驗，已經變成實用的求助之舉。

大叔之女以為「○」（象徵天）可以轉動。

一次次出門，都像要步入戲棚的演員，得先背好台詞，不然碰上需要接觸的路人無法對戲。他總是想像事發的場景，想像另一方可能的問答，先擬好一些句子，以備步入餐廳時可以派上用場，或遇難求助之際可以不假思索（是的，臨時造句太慢了）衝口而出。這些「應急韓語」（Survival Korean），實在等不及學習文法再構句，本應在心裡（還是腦裡？）開個抽屜先存入為宜。

生活在韓國，只要在心理上將「課室」的牆撤掉，便沒有上下課之分，時時都是學習。從「도와주세요／도와주시겠어요？（請幫我／可以幫我嗎？）」，慢慢日有寸進，他在地鐵站碰上有人需要求助時，可以走前說一句：「도와드릴까요？（要我幫您嗎？）」

但，所有努力與摸索，彷彿只為剎那頓悟的喜悅。地鐵播報是早已耳熟的曲子，起初只聽懂幾個單詞，知道提及「左邊」（왼쪽）「右邊」（오른쪽），其餘有音無字，一片黑暗混沌。日子終於回報耐心，就在某次擠在車廂動彈不得時，凝神一聽，心上竟然打出一行「내리실 문」（您要下的出口），像故障的電光板重新亮起。從前只有聲音，一旦有了字眼，意義隨之而來。那乍然一亮的黑暗之光，久久不滅，往後一直照耀著他的學習前路。

櫻花的冷與熱

那是後來夏天的事。有個韓國男孩說，櫻吹雪時，我站樹下許願，盼望今年可以遇見心屬的女孩子。結果，認識他時，一季過去了，女孩尚未出現。

老天是否會應許櫻花樹下所許的願望，並不可知；唯人們對季節一花一木的企盼，總會獲得回饋，只因：歲歲花開，不違天時。二月杪來韓，放目長青者只有一派古雅的松柏；進入三寒四溫時，枝頭有白梅可望，白玉蘭也開了，都只是序幕。縱然讚嘆著眼前花，人人卻難掩對櫻花的期盼，它已經準備登場了。

哪裡賞櫻？原來，他已經身在其中，卻不自知。從來，韓國大學都是春日賞櫻，秋日追楓的勝地，是校，也是園，其中慶熙大更是網上推介的必到之處。日日清早上學，勢必仰望枝頭，起初有了一點端倪，以為盛開還要一段時日。

不，某日清早入校如誤入花園，放目已經密密繁花，一樹又一樹都是不留餘地的綻放，向整個校園報喜。

嚮往日本大半輩子，此生櫻花首次賞，卻是在韓國首爾；願望的應許，總是在人意之外。還須櫻花開了，方知校園內平時都作等閒看的一株株枯木，其真身多屬櫻花樹。「枯木逢春」，原來是這麼一回事。

那時，最紅的三人組合 Busker Busker（버스커 버스커）彷彿應景，以一曲〈櫻花結局〉（벚꽃 엔딩）紅遍韓國，其歌詞如此：你啊，你啊，你啊，你啊，我們一起走……。春天根本不是讀書天，外頭都是呼喚。課本放下了，鄭老師帶著一群外籍生環校走一圈，以領略一季之盛。

走著，又有了一層明白，從前聽過的「春遊」，原來是這麼一回事。登上山徑，花朵的綻放與同學的青春相映照。過了後山的仙琴橋，臨谷處一片花海填滿。花開入目，心花也跟著開。櫻花最盛時，一校都翻作開放的公園，四方人潮來助興，小孩成群坐櫻花樹下野餐，花色與人聲共喧譁。

乍然放目過去，櫻花不過一片粉嫩，顯得枝幹墨黑。細觀之，七八朵一簇，是一個小宇宙。開在枝頭，是生的一種風姿。待走至慶熙大人造湖，風吹櫻花的垂枝。落英掉落湖上，繼續妝點水面，枝上花另有它的浮生。

遠在故鄉的妻得知櫻開，問，看見櫻吹雪？不久，春寒中，片風一口口吹，櫻花如雪紛紛揚揚，那是花謝花飛花滿天，那是一春的顛峰，人為花瘋魔，女生尖叫聲可聞。雙手合掬等接花雪者有之，站花雪下默默受洗者也有之。他曾目睹一對戀人搶獲一席之地，站櫻花樹蔭下閉目受櫻花雪的洗禮，他們給「幸福」一詞一幅畫面。

經過數日花雨洗禮，總以為時間在握，可以再訪首爾其他賞櫻地。不料，櫻開後的某個清早，人在一片雨聲中醒來，始覺驚慌。此春雨，下在花開之前，是催花雨；如今，櫻花已開，點點滴滴都作了摧花雨。

綿綿雨聲，似無一點歇意，汝矣島輪中路（여의도 윤중로）的一街櫻花將如何？一念緊緊抓住了他：今歲沒看成，只能待來年。於是，四月中旬的清晨，人從書桌離開，抓了外套披上，下地鐵站混跡人群，朝汝矣島出發去。

這時，已經不為看花，而是要當一個探花人，好訪雨中櫻。半小時後人至汝矣島，自地鐵腹底爬長梯登陸。左右顧之，只有一棟棟大廈，不見路邊有隻語片言指向花蹤，他依稀記得，花藏在國會議事堂（국회의사당）後頭。而國會議事堂在哪裡呢？

但憑直覺，一路逆著風雨尋去，幾度狂風吹得手中傘反掀，幾有永遠走訪不到之虞。沿途，視線緊抓所逢的櫻花樹，要從三五株小世界先窺一片雨中櫻的下場。此時，地上一堆蟬翼樣的花瓣都是不妙的預示，他還要一直尋走下去？

前進與折返不斷交戰中，人卻已經行至國會議事堂地鐵站，他才明白，要是下在此站，即可省略剛才的一番雨中行。對面巍巍建築，是國會議事堂？且過大馬路再探那一座建築背後的虛實吧。踩著濕地穿經一座滿是櫻花殘枝的公園，走至盡頭，斜對角一街花色如雲，豁然揭示於目前。一時雙腳止步，人與花色遙對，他只有驚嘆。

據說上千株櫻花藏於輪中路。只是，雨下了，熱鬧街都作了冷清地，遊人只有三五。雨中花色任人飽看，一街不通車，沒有慶典上演，沒有人潮喧譁，沒有入夜的繽紛燈火化雅為俗。一條路打傘走下去，人行道兩旁的櫻花樹交拱出一道道幸福門。何其美的雨中櫻，也只能在讚嘆中任由它漸漸凋謝。春雨擊中花朵，就附身降為花雨。對美的讚嘆，就是對凋謝的包容。

在校看過櫻花招致的喧鬧場面，再看冷寂的雨中櫻，是一種花，兩種看法。只不過，看花總是太目不暇接，還不如花開之前，那一份日日等待的美好心情，也不比花凋以後的夢幻之感。那時，日復一日在夏綠中步行上學，心下老是疑疑惑惑：櫻花真的開過？唯其短暫，世間櫻花樹都是夢中櫻。

春櫻花開的慶熙大校園。

他拾取過一堆花瓣裝瓶，想留待未能趕上花開的妻女一睹花色。豈知，如此一舉也是枉作癡人，季節從來就不許收藏，它有它的回收方式，讓花瓣統統起褐。腐爛化泥已經難免，只好先扔了。也許，看花不止於花開正好時，而是守著它登上枝頭，再目送它掉落塵土，統統都得眼證為是。中間，那是一場分明又朦朧的櫻花夢。

只許住一季的歇腳地

春天的夜晚，他飽受芳鄰侵擾。房中窗沒開，還是頻頻聽見哐啷乾杯聲，一股又一股烤肉味隨時來襲。他躺在二樓（彷彿半空中）單人床久久不能入睡，心想：也許，死者就是這樣嗅著味道來享受親人的祭祀，我只是提前在世體驗罷了。白天，他推開宿舍樓下的玻璃門，對面的烤肉店已經打烊，一副事不關己的樣子。進入五月，他終於陪同妻女踏入那一家店點烤肉跟燒酒。那時他才發現一切太遲了：入口的味道，完全不敵鼻端過去兩個多月的記憶。

踏出那條短巷，街上另有許多餐飲店（包括烤肉店），都搶著要挽留從地鐵站湧現的行人，裡邊夾著一家他常光顧的 Daiso。上下課途中，精打細算者總要步經幾檔韓劇常見的路邊小吃攤（韓語稱之為「포장마차」，漢字詞作「布

帳馬車」）。這些掛著透明厚塑料布簾的「馬車」都賣些不耐飽的炒年糕和油炸物，不太符合他的預算。他心裡還是想著，遲早得吃一吃，再寫一篇短文介紹首爾街邊小食。儘管由著他盤算，老天卻另有打算。三月中旬的某個清晨，他拐出巷子卻見消防員的身影，冷空氣中有股燒焦味，一路尾隨他走到地鐵站。兩個路邊小吃攤經歷火劫，只剩骨架。

冬春之交快要結束時，才忙完轉校、找房子等諸事，身體見一切已經安定下來，便趁機要求休息，鼻水跟喉嚨痛一起來了。他抱病戴口罩上完課，回房睡了一個下午，醒在暗沉沉的室內。清寂之中，樓上沖水聲分明，那是一點可貴的人跡聲相伴。起身隔著簾縫一望，首爾已經上燈，住現代洞穴的人類得外出覓食。他徘徊街上的風地裡看了幾家店，最終才推門走入有售粥的小店，點了牆上餐牌寫著的「야채죽」（蔬菜粥）。隔桌有深褐膚色的兩男一女，用英語跟女掌櫃點菜，他忍不住一問，是來附近外國語大學念書的菲律賓人。其中一位大個子起身用英文問「廁所」，女掌櫃聽不懂，一時陷入僵局。他只好將課本的句子搬來活用，女掌櫃才從牆上取落一把鑰匙遞過去（韓國不少餐廳的廁所都不在店內，得步出店外）。事後，他博得一句韓國人太樂於施捨的「한국말 잘하시네요（您的韓語說得真好）」，那豈能當真呢？

病況較好時，他決定讓自己有點辣味入口，就不難在周遭找獲可以成全的餐廳。他踏出巷口走去對過，那裡有一家專賣炒年糕跟油炸物的小店，裡邊擱有幾張小桌，紙巾盒掛牆省空間，那是對著異鄉客苦訴首爾寸土是金。往後的日子，他在午餐時間再度光臨，碰上午看是店主的中年婦女，細談方知是從中國來打工的朝鮮族，還帶了一個女兒來韓。她說剛來韓國時，總是聽不懂這裡的韓語，有太多英語外來詞。幾次閒聊下來，她說，約個週末，我帶你去買菜。

入夜十點多，本該打烊的麵包店總是亮著巴黎鐵塔的標誌求存。病癒後的一夜，他決定縱容一下自己，就推門入內買一袋不太能填飽肚子的泡芙。平時，冷凍櫃裡的泡芙已經對著他訴說童年往事，他卻只願意看價位挑無餡料的便宜麵包。那一晚，手提泡芙離開的人準備分五次吃完，一次只限一粒。可是，才一粒入口，寄生體內的小孩自有頑強的主張，竟要求一個中年人一粒接一粒吃下去，直到紙袋空盡為止。

起初，住短巷裡的宿舍，他最大的苦惱是不知道該在哪裡丟垃圾。他不願啟口問人，只好一日一小袋，提著上學去，途中見有垃圾桶就隨手一扔。也許，老天不太認同這樣愚蠢的舉動，終於在某日拋出了一條線索，讓他在電梯內碰上手拎一袋垃圾的日本人。他跟蹤上前，才發現停車場內站著三個供分類的垃圾桶。之前，他為什麼不開口，寧可捨近求遠？這裡的韓國大叔一輩子都說韓語，他不想說英語為難雙方，只好一再發揮沉默的藝術。當然，不清楚垃圾桶的位置，還可以減少給地球製造負擔，不是嗎？

宿舍的地下層有幾架洗衣機和烘乾機，都只寫著異鄉客覺得陌生的韓文單詞。他投幣下去，洗衣機肯轉動，只有烘乾機不太盡責，打開來總是一團潮濕。一個月過去，他使用了四次，卻對這項人類的發明起疑，問了遠方親愛的，是不是沒有百分百的烘乾。只聽對方說，要是百分百的話，太陽拿來幹嘛呢？他不肯聽信，只好繼續將一粒鈕一按再按，直到聽見出奇激烈的旋動聲為止，才走開。那一回，他終於可以捧出百分百烘乾的衣物，卻不禁要回頭懷疑過去的一個月：他只是讓烘乾機白白坐享幾千圓韓幣，而從未真正啟動過。

遠在剛入住的第一天，浴室就積水半個小時才告退。初時，他只當韓國的水管需要細嚼慢嚥。到了四月初，積水常常漫至兩三寸（可以養魚）後，他仍舊抱著一份希冀出門。歸來，他會把頭一探，見積水未退，只好捲褲管舀水倒入馬桶。有時，半夜朦朧中穿著襪子下床，眼鏡未戴，雙腳踩著了浴室地面，一池死水終於晃動，活了過來。原來，那透明得似有若無的噩夢，不會因為一覺醒來就消失。直到一日，他再次撬開排水口鐵蓋，才發現有兩團毛髮作窩在一層透明的

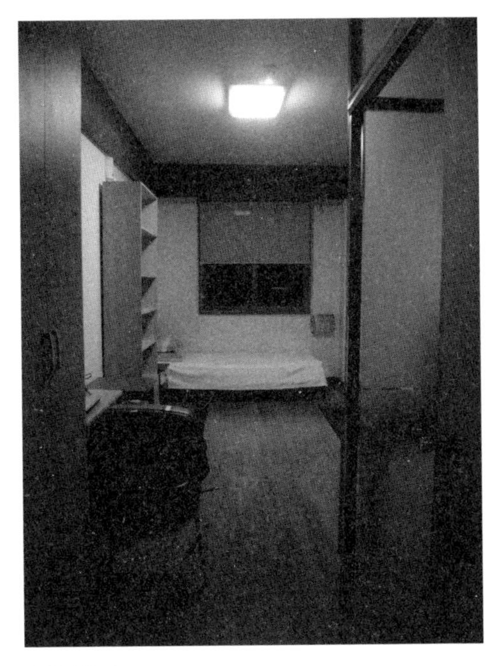

短暫歇腳地。

塑膠蓋內。禍根一抓拿，一陣咕嚕咕嚕的貪婪吞嚥聲，浴室小洪水終於告退了。

好不容易才漸漸摸熟房子與周遭的脾性，卻必須搬離了。一入住，他即知：這房子只許他住上一季，兩個多月後必須搬走，校方要退租這一棟充當宿舍的大樓。活在當下時，他不能不先憂心未來的搬遷。他不能對這房子投入太多感情，甚至不能用心布置，只能當作暫時的歇腳地。

那時，白天走在首爾街頭，偶爾會被一陣恍惚之感襲擊，乍然驚覺時空的切換，自己怎麼已經來到這裡。入夜睡去以後，那房子彷彿知道他的需要，總是讓過去的回憶充當虛假的現實。他一次又一次夢回故鄉，裡邊都是親人的臉孔，自己卻不在裡邊。那是單方面的看見，他一人悵然醒在燈下。樓下芳鄰傳來收拾桌凳聲，首爾已經準備要晾出新的一天。那時，只有夢過，眼前的世界才顯得真實。

準備另一張臉

每天上下課都會經過那家臨街小店，遲早有一天，他必須推門進去。踏出宿舍所在的巷子左拐，直走約莫數十步，越過了著名的煎餅巷口，來到街角交通燈下站等，只要頭稍微一偏，落在左眼角那家小店的玻璃總會發出邀約：進來剪個頭吧。他一拖再拖，因為房中鏡總是說，塗點定型膏還能維持原來的樣子，再等一些日子，目前還不是時候。

自二月杪頂著修剪過的頭髮來韓以後，三月在乍暖還寒中過去，四月忙著恭迎櫻花的開謝，眼看著五月即將帶著妻女的身影一起登場，理髮店還是他不敢輕易登上的舞台，只能由著髮絲隨著春風日長。要是妻女驚見一頭髮腳凌亂時，從前讀過的小說對白（是馬奎斯哪一本？）倒可以拿出來改寫一下，然後說，頭髮有多長，思念就有多長。

某日上課讀到初級課本第二冊第九課，題目竟然應景作「더우니까 머리를 짧게 깎아 주세요（天熱，請幫我把頭髮剪短）」，他不禁驚呼，太巧合了（還是校方難得清楚留學生的需要？）。然而，僅此一句，往下卻是以天氣為主的課文，不全然能幫他應付剪髮的需要。他不能不向鄭老師請教，才學會較為詳盡的說法：「앞머리，뒷머리，옆머리 다 짧게 깎아 주세요.（前面的頭髮，後面的頭髮，旁邊的頭髮，請統統幫我剪短。）」那時，剪髮的應急韓語有了著落，尚欠幫妻女出入汽車旅館找房間時要說的話，老師也在他遞過去的《孤獨星球》上寫：「방 좀 보여주세요.（請給我看一看房間。）」

背熟兩句應急的韓語，他走到宿舍附近的大路，看了夾道幾家汽車旅館，那一句「請給我看一看房間」一再說出口。其中一家幾乎不亮燈火（汽車旅館的燈火只為夜晚？），櫃檯有一對母子檔相守著，老大不小的孩子（看來，近三十歲）穿家常便服席地手捧不鏽鋼碗吃飯，聽了當掌櫃的母親大人吩咐，便火速遵命擱下飯碗帶他走去一房。門把一轉，裡邊只有背光簾影，一張太富有情趣卻顯老的紅色圓床坦然躺著。到頭來，他只能選對面另一家汽車旅館，獨守的大媽聽見有小孩會住進來，願意撥出更大的房間。

房已經找妥，是不是該去剪個頭？在口裡咀嚼多日的那一句，該吐露了吧？此時，他又覺得自己難得出國，有了一點言語不能盡訴的滄桑，應該對枕邊人展露，剪髮就暫緩幾天。他以略帶滄桑的樣子去接機，將妻女、小姨子一家帶來首爾市中心，而妻依舊奉行韓國教會的規矩，將一對眉描得精神，還點上分明的唇色。從前跟妻來韓，她一抵步就在地鐵站地下街買化妝品，然後衝往廁所準備另一張臉。那時，他忍不住嘲笑說，連妳這樣倔強的人也投降了。

才相處幾天，外表的滄桑已經不太耐看，隨時可以是邋遢。於是，課後前往汽車旅館之前，他準備給妻一個驚喜，終於推門踏入自己的宿命（遲早都要進去，不是嗎？）。透過鏡子，他對站身後的女理髮師比劃著手說出那一句背熟的韓語。對方卻從長鏡下的小櫃子抽出一本目錄（難道我沒把話說清楚嗎？）。打開來，有很多局部的髮型可供選擇，前髮該怎麼剪，已經一堆圖片。後面的頭髮該怎麼處理，又一排照片直下。目錄已經有了，卻太考他的拼湊能力。此時他才驚悟，光說哪裡剪短是不夠的，還得說剪多短，短成什麼樣子（平日用母語都說不清楚，更何況韓語）。他胡亂挑完所有局部的髮型，那將湊成什麼樣了？

幸虧，他從小抱持這樣的信念：剪壞了的頭髮，還可以靠自己梳理。反正活在韓國，不能不上定型膏，總有挽救的餘地。偶爾有那麼一次，實在懶得注重儀表，頂著一頭隨風飛揚的頭髮入班，老師發現後，問，你身體不舒服？從此，未獲病患資格者只好一再勤用定型膏，直到幾個月後的夏天，才摸索出方便的生存之道：只要靠著夜色的掩護出門，黃昏沐浴後就不必上定型膏。

到了八月夏末的一夜，他早已花錢買過三次上理髮院的經驗。他知道三次為定數，第四次不能再拿自己的頭去碰運氣，必須有備而去。他先將一架 ipad 塞入書包，又順道去 Daiso 買個燒水壺塞入書包（提在手裡太奇怪），以便妻女來韓可以煮水泡奶，再轉去理髮院。坐定以後，打開書包正要掏出 ipad 時，大肚便便的燒水壺先當眾亮相，他想：那南瓜臉的女理髮師一定覺得太奇怪，竟然有人將燒水壺藏在書包裡，今晚來了一個怪叔叔。

掏出 ipad 刷一刷，找出一張來韓不久的照片，他指著說，「이런 모양대로 잘라 주시면 돼요．（就照這個樣子來剪就可以了。）」剪完後，付了韓圓七千，聽了一句「수고하셨어요（辛苦您了）」，他不敢逗留現場多看鏡中人。理髮店的鏡中人向來令他覺得陌生，他只習慣出入家中朝夕相對的鏡子。等到沐浴洗頭後，要是無法認領鏡中的陌生人，還可以這麼想：在韓國生活的大叔不叫「陳志鴻」，過去半年以來他都在扮演名叫「진지홍」的年長生。好演員要適應自己的角色，也要適應造型師設計的髮型，那就頂著這樣的髮型過日子吧，親愛的大叔。

舌頭才說真話

人在師命難違的韓國，他聽見同樣坐三望四的班主任語重心長說，你參加吧。五月的慶熙大學辦外國人慶典（외국인 축제），其一的重點項目是外國人烹飪大賽，他不得不跟汶萊、孟加拉同學勉強湊成「東南亞組」，以彰顯所讀的國際教育院具有五大洋的多元特色。

汶孟馬三國風土人情差距之大，該如何共推一道國菜參賽？孟加拉更不在東南亞這個統稱之內。他跟其他兩位同學的差異（膚色、語言、樣貌、打扮），難道班主任不曾看見嗎？不，人在韓國，只要是群體的差異，總歸可以透過折衷，再以服從的方式稀釋掉。在年齡是資格的韓國，他開口便是下旨，其他已知長幼有序的組員只能配合整個體制尊重一個大叔，附議馬來西亞的「椰漿飯+仁丹雞」（Nasi Lemak+ Ayam Rendang）成為參賽的國菜。對於其他兩國同學，他有說不出來的抱歉，雖然同屬咖哩愛好者，椰漿飯到底不是汶萊、孟加拉的國菜。

決定國菜之前，還得先慮及食材之有無。果真要萬般求全的話，根本無法做菜，一切只能湊合又湊合。首爾土壤不長東南亞食材，缺了椰子，便缺少煮椰漿飯所需的椰汁；缺了香蕉樹，便缺少包裹椰漿飯所需的香蕉葉。所幸家人即將來韓，可以托運部分食材闖一闖海關。

其餘所缺者，只能就地取材。本來嘛，一切道地的美食，即屬就地取材的結果。人在異鄉，未戰已經隱隱先受挫，東南亞組注定無法弄出道地的祖國美食，以取悅所有的舌頭。

東南亞組還得以初級水平的破韓語弄個海報，好好介紹參賽的國菜，以符合其一的賽規。他的宿舍是製作海報的工作室，在大賽前兩天陷入狼藉。奇特的外國食材詞彙，得以韓語加以比附。何謂椰漿飯的「三峇」（Sambal），為求讓韓語聽眾明白，得以韓語聽眾所熟知的「고추장」（韓式辣椒醬）比附之。如此比附不無問題，韓語聽眾會意之餘，難道不會納悶：馬來西亞的國菜也配搭韓國辣椒醬一起吃？

五月十六日大賽當天，各國菜色準備妥當，便得捧去小小的露天舞台上。各組代表輪番對台下五大洋學生簡介自己的國菜。司儀照例針對台下有關組別的留學生群問一問，各位最喜歡吃什麼菜。以中日兩國留學生居多的現場，同胞情意結自然特別深，前後聲震一個小小的競技場，是名副其實「聲援」台上同胞。

其他小國在韓只有寡民，三五零落的拍掌聲顯得淒涼。此時，他非常希望司儀能夠撇開韓式民族主義的主持風格，別再挑動現場觀眾瘋狂的民族情緒，使到人人只顧「聲援」祖國。可惜腳下土地是韓國，你吃不吃泡菜還是民族主義，總歸還是會看見這兩樣東西一再端上台面。

輪至最後一組自我介紹國菜時，開口竟是流利的韓文，韓國人怎麼也組成一隊參加「外國人」烹飪大賽？韓國組介紹完自身的菜色後，司儀照例由朝台下同胞問，待會各位最想吃哪一道菜。台下齊聲一呼，한식（韓食）。

果然，舉世有名的愛國主義者貴為東道主仍不失豪放作風，可以不管「外賓」的觀感，公然直抒愛國情懷。只是，他如此好奇，倘若沒有韓國組參賽，哪一國菜色又會掛在豪放派民族的嘴邊？

賽後，他如此懷念下廚當兒，年輕且充滿好奇的一雙雙單眼皮眼睛如何瞄準東南亞組的鍋中肉，並用道地的韓國語問一群外國人，這個是什麼菜，你們來

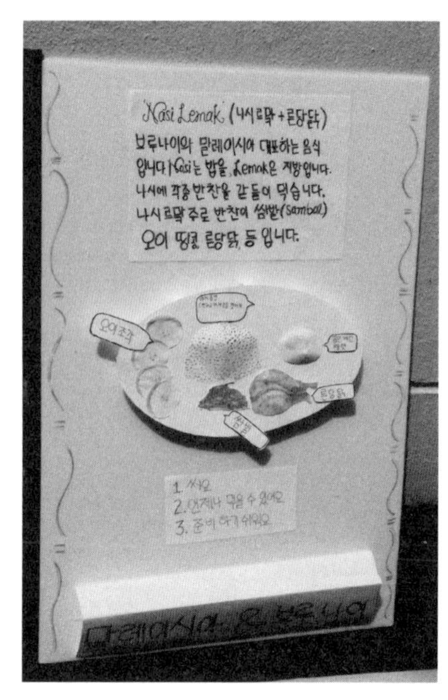

馬來西亞國菜「椰漿飯」（Nasi Lemak）。

自什麼國家，我們能不能吃一塊。

那時，在競技場以外炊煙起的地方，大叔不介意初嘗者是否清楚自己的國家在世界哪個角落，只在乎舌頭當下的評判。他聽見了一句句打從心底的韓語讚美：好吃（맛있다）。那是世界曾有過的短暫和平，在民族主義端上台面之前。

敬稱的後知後覺

韓語有諸多敬稱，久居韓國者未必會自然習得。起初，他常敲慶熙大國際教育院辦公室的門，聽見「들어오세요。（請進來。）」，入內便問：「김수회 선생님이 있습니까？（金秀姬老師有在嗎？）」碰上金老師不在時，有位優雅的老師總是帶笑回應：「지금 안 계십니다。（現在不在。）」當時他沒有聽出話中婉轉的糾正。後來他在課堂上學到「계시다」（「있다」的敬稱，意思：在），才發現一切太遲了。過去幾個月自己都說錯話，那位優雅的老師帶笑回答一句「지금 안 계십니다」時，已經嘗試在糾正外國大叔的韓語。過去的錯誤不能一筆抹掉，只能等下一次敲門時才能說：「김수회 선생님이 계십니까？」

在課堂上，敬稱字眼與表達方式都教得太少。幾次難得換代課老師上場，她們瞥見班上有一位大叔，忍不住趨前一問：「성함이 어떻게 되세요？（您貴姓大名？）」起初他愣了半晌，聽見「성함」（姓銜）一詞，才報上自己的名字。到了下一回，又有一位問「나이가 어떻게 되세요？（貴庚？）」，他已經知道是問歲數。然而，為什麼課本只教「이름이 뭐예요？（你叫什麼名字？）」和「몇 살이에요？（你幾歲？）」？

迎接小紅帽

小紅帽故事必須有個背景的話，那應該是花開的春天，才能突顯其中埋伏著可怕的凶兆。慶熙大金秀姬老師知道有個兩歲多的小女孩要來韓時，就先送一個胸前吊牌，前面繪有臉帶微笑的小紅帽手持一朵鬱金香，地上有一隻象徵純潔的小白兔，吊牌後面可以填寫小女孩的姓名與地址。

他將胸前吊牌拿在手裡，以為時日一到，就能接機抱女兒。誰知，出發前幾天，命運終於懲戒將一切視為理所當然的中年人：即將出演小紅帽者在出發前夕發燒，恐怕不能登機。也許，命運就為了討取一份事後的感激，才讓他先虛驚一場。登機當天，女兒退燒了。

好不容易，女兒躺在首爾宿舍了，他卻掉入恍惚之境，這一切是真的嗎？

是的，那已經是雙手可以觸摸的骨肉，只是手上必須有點零食（香蕉牛奶、鯛魚燒），才能將有點認生的人兒哄過來。喜歡吸奶嘴的小人兒身上穿著一件「戲服」，是上面繡有白色 1968 字眼的蝦紅斗篷外套。白天出入首爾時，斗篷一拉上去，她已經是父親眼中需要保護的小紅帽。

錯過四月的櫻花，只能帶小紅帽去漢江尋找五月的春色。那裡的空中點點都是迷濛的飛絮，一片靜悄悄的油菜花黃中帶綠，小紅帽可以盡情迷失其中。入夜去南山，擠進幾乎不能透氣的纜車，漆黑的車廂像停電的小房，暗中只聽妻說，快點吻爸爸。出乎意料，小紅帽先報答母恩，吻了一下將她帶來韓國的人，才嘴對嘴輕點一下已經缺席兩個月的父親。

纜車底下星星點點，都是首爾璀璨的燈火。內暗外明，車廂內只有一張張模糊的臉廓。是一個小人兒，將分散的三點連成一線。耳邊盡是喧囂人聲，一陣無聲的暖流穿過心中。那纜車如此擁擠，他卻希望慢一點，再慢一點，可以常懸於半空中。偏偏，往返南山的纜車是令人覺得意猶未盡的短程，才登車就要下車了。

另一個夜晚要赴正東津（정동진）看日出，先從回基站搭地鐵去清涼里火車站。佇立候車月台一看，發光站牌竟然寫著下一站是「忘憂」（망우）。最快

樂的時候，他會發現世界跟自己息息相關，連站名都表示當下的心情。火車開經「忘憂」以後，一路上都是五、六小時的黑夜，到了正東津站以後，十幾步之遙即大海，他們已經來到世上離海岸線最近的火車站。

暗中吹著冷風站等日出，惺忪之眼已經被吹得睜開，漆黑的前方卻只聞波濤聲傳來，氣勢可吞山河。隨著日出，海才慢慢浮現灰藍的面目。正東津站前乍見一排木柵，都是佇立的黑剪影。絢爛的日出一收，人群便告散，海邊火車站還原落單的面貌。他們在原地搭上一班火車去半個小時以外的江陵站，那裡有烏竹軒（오죽헌）與鏡浦海灘（경포해변）兩個景點相依。

烏竹軒，是朝鮮時代的大學者李珥（이이，一五三六—一五八四）與其母申師任堂（신사임당，一五〇四—一五五一）的故居，周遭遍植竹松二物，其中瘦長挺拔的深色竹子不能不看，是「烏竹軒」得名的源頭。踏入故居之前，透過大門口可以瞥見屋頂上乾淨的碧空，沒有一絲亂雲；走經屋內善於裱景之窗一望，外頭結有一團團白綉球花，還有蜘蛛織網。這有什麼稀奇呢？從來，熱帶人只當尋常。在四季國，卻是難得的春景之一，他終於明白「裊晴絲吹來閒庭院，搖漾春如線」（《牡丹亭》）的意思。晴絲者，是蟲類所吐的絲縷，湯顯祖以此二字諧音「情絲」。家人在身邊，入目都是有情物。

鏡浦海灘有一片彷彿跳舞的松樹，軀幹扭曲著，都是強風所致。聽了母親的吩咐，小紅帽（那一天，她穿一件粉紅斗篷外套）搖動著小小的肩膀，舉步踏入林中，慢慢彎腰撿取松果。不知何故，望著林中走動的女兒，一個父親突然覺得那已經變成擾人的迷宮，將未來主人翁重重圍住。那是往後艱難的世上，她恐怕要走不出來。那一刻，他突然願意相信靈魂，不管生死都要以永世的目光注視女兒，庇護女兒。

走在江陵市街上，那裡老舊的空氣至少比首爾慢二、三十年，百貨公司的夏裝不能買，款式色澤剪裁都太土氣。朝著火車站方向走去，彷彿從韓國的昔日漸漸走回當代。

回到了首爾，便不能不面對準備道別的現實。由於是早班機，韓國時間凌晨四點多必須將孩子喚醒。下樓，巷內有一輛計程車亮著燈，卻不是約好的，原來另有要離開的人。往前走出巷口，有一家服裝店燈火通明，地上攤滿衣物，有人手腳忙碌，顯然剛來了一批新貨。櫥窗人偶早已換上短袖衣，預告快要入夏，春天只是剎那芳華。附近回基站有地鐵格隆格隆入站，眼前有個老伯伯坐地上將垃圾分類，生活到處是同一張疲累的臉孔。街上有三色燈兀自轉動，從來都不曾瞥見此物，只有眾燈熄滅時，才看見它的堅持。

五月漢江的油菜花。

首爾是個起得早的城市，有一對情侶從斜對角走過來，朝地鐵站走去。是汽車旅館過完一夜的有情人？歡娛何其短。預約的計程車未依時而至，只好另外招下一輛。上車前，小紅帽難得公主病未發，肯大方吻了一下自己的父親。臨別，什麼都應該感激，包括輕輕一吻。車開後，他匆匆朝巷子裡的宿舍走回頭。上了房中，那已經是回憶的現場。他躺了下來，只覺得首爾的春天已經隨小紅帽離去了。

尋幽

在首爾尋找漢城

「首爾」還太年輕，「漢城」才夠古老。春天赴韓，他帶著自幼從報章得知的「漢城」（한성），來到才冠上全新漢譯地名七年的「首爾」。自二戰結束以後，脫離日治的韓國將原本稱之為「京城」（けいじょう）的地方易名為「서울」（韓語裡邊也作「京城」的意思），而中文界則沿用古已有之的「漢城」，一個不對應的專有名詞。二〇〇五年，韓國第十七任總統李明博終於為「서울」找獲音與意皆可對應的漢譯詞：「首爾」。

由於天生患有文字癖，他將「首爾」當作一件披在古老「漢城」身上的摩登外衣。初級韓語班的功課不算太重，午後他常常抓一本 *A Field Guide to History: Seoul*（歷史實地指南：首爾）裝入書包，再靠著一頁又一頁的指引，搭

地鐵下城尋找百濟、高麗與朝鮮王朝的遺跡。他不曾約過班上任何同學，畢竟來此享受現代流行文化的少年男女，恐怕不會願意聆聽首爾在訴說漢城的過去。

首爾都心有五大古宮，只要到了一處，其餘都是步行可至的距離。這些歷劫無數的（老）建築，像一枚枚沉重的紙鎮，讓近二十多年來以流行文化起飛的國家有點底子，不至於顯得太輕浮。二〇一〇年秋初次來韓時，景福與德壽二宮曾在紅楓黃杏的襯托中，對他展現過絢麗的畫意；二〇一二年春天不是入宮的好時節，少了一些季節風物作背景，他準備金秋另訪昌慶跟昌德二宮。只有慶熙宮（경희궁），他剛入讀慶熙大學，怎能忍住好奇不先走訪一趟同名的宮殿？

慶熙宮建竣於一六二三年，其主要的幾座宮殿都在二十世紀初日殖時被拆毀，以改為京城中學。如今經過大幅度修復，不比其他宮殿能爭取遊人，躲在繁華街以外獨享一份冷清，冬末枯枝更添其蕭索的況味。在喧囂的首爾，這本來是一片難得的清靜之地，可以好好坐上一陣。那一日，他的運氣不太好，碰上二男一女手握樹枝追逐嬉戲，耳邊都是帶有回音的喧鬧。

有個早上，他再起風雅之興，決定轉地鐵下東大入口站六號出口，以尋找建於十五世紀的水標橋（수표교）。到了目的地，他站橋底下望出去，發現沙地上竟然寫著一行「사랑해」（我愛你），那是不能當面表白的愛，已經成為橋底

心事？另一個午後，他委派自己一個任務，坐地鐵到漢陽大站三號出口，那裡有朝鮮時代最長的另一道橋：箭串橋（전곶교／살곶이다리）。據說，從前的君主由此過江南以謁陵。如今，在這一條不設任何護欄與裝飾的石橋上，只見單車族與行人往來。

從惠化站四號出口登地面，過一條街，一個大學迷走到建於一三九七年的成均館，朝鮮時代的國子監（相當於今日的國立大學）。裡邊講學聽課的明倫堂掛有明使朱之蕃（一五七五—一六二四）題字的匾額，左右兩排廂房即學生宿舍，室小似乎可以收心，有利於學問的鑽研，是今日考試院的濫觴？中間空地有二株碩大的老銀杏，傳說從前都是雌樹，結果纍纍而發出強烈氣味，招引外來者紛紛採擷。於是，人們給此二株辦一場「節育」儀式，雌樹都化作雄樹，是真的嗎？

另一日，他走出景福宮站一號出口，沿街直走一段幾分鐘的路，過個有三角安全島的路口，來到了被拒於門外的社稷壇（사직단，建於一三九五年），只能當個門外漢。這地方每年九月第一個星期舉行社稷大祭時，才對外開放。裡邊的石板地面上建有兩座祭壇，以供昔日君主祭祀土地之神（社）與穀物之神（稷）。祭壇之為方形，那是古人對天地的觀念：「天圓地方」。如今現代漢語

有「地方」一詞，其詞義的境界卻有縮小之嫌。

首爾地鐵有鐘閣（종각，如今已經改名普信閣보신각）站，鐘路三街站，鐘路五街站。昔日的漢城聽聞大鐘一日二響，四方城門（如今，東大門與南大門都還在）就會依時開關。那是有講究的鐘聲，入夜十點必須敲二十八下（象徵二十八星宿），凌晨四點必須敲三十三下（象徵觀世音菩薩為普度眾生焚身三十三日）。

他常常步經那不發一響的鐘閣，附近有家名為「鳳雛」（봉추）的安東燉雞專賣店，妻女春天來時曾奢侈地吃過一頓，從此著迷。其他時候，在古老都城兜了一圈，他會步行到鐘閣對過的渣打銀行，再繞往後巷推門進去一家韓食店。裡邊價廉的拌飯可以幫人省掉一兩千韓圓。有此發現以後，他在市區更常步行，這樣的舉動划算嗎？

在漢城訪古探幽，幾無可能完結，隨時都是發現。登上南山（남산），會碰見烽火台；登上駱山（낙산），會碰見造型古雅的「庇雨堂」（비우당）。行人總有累乏之時，只要人在光化門一帶，他知道該在哪裡歇腳找補給。他已經在龐大的都會找獲一處私房地，有個可以隨時回返之窩。

從景福宮右側門進去，有一座無需付費的國立古宮博物館（국립고궁박물

관），入內總會有他的空位，可以暫時安撫走累的雙腳。後腦勺子抵著牆，他坐對朝鮮時代純宗皇帝（순종황제，一八七四—一九二六）與純貞孝皇后（순정효황후，一八九四—一九六六）的兩輛西洋御車，閉目養神享受了一陣與外隔絕的氣溫，才走去近廁所處拿紙杯喝水。一股冷水穿腸下肚，他終於有了幾分清醒，可以告訴自己：不要再貪圖這裡的舒服，走出去，外面才是更大的博物館。

韓文底下的漢字詞

學習韓文時，懂漢字者究竟占多大的便宜？所有目遇的生詞未經翻查字典之前，他都跟其他外國人一樣，對眼下的字眼感到陌生，不能確定是不是漢字詞的身世。一度，他未加細究「걱정」二字，只清楚是「擔憂」的意思，就憑著發音與字形認定：這個韓文字底下應該埋著可以出土的漢字。不，一查之下，原來是個被埋沒多年的固有詞。

只要稍微偷懶，不肯仔細查詢，親切的漢字詞就會翻作別有深意的陷阱。起初，他瞥見「가족」（漢字作「家族」）就不加思索，以為是人數龐大的「家族」，許多時候就只是小家庭的「家人」而已。他以為「복잡하다」是「複雜」，卻可以是「（交通）壅塞」；他以為「고민」是青少年獨有的「苦悶」，卻不知道那還可以是中年人的「苦惱／煩惱」。從此，吃過虧的人知道查詢字義時，不能太疏懶，必須逐條看下去，才會發現韓語漢字詞的世界往往比中文深廣，充滿著需要小心選擇的歧義。

在江南，我穿得夠體面嗎？

韓諺有一句兼具褒貶的「친구 따라 강남 간다」（跟朋友去江南），可以是跟風，可以是講義氣的意思。過去這些年，江南區都不是大叔會輕易踏上的繁華地。

二〇一〇年秋季初次赴韓，他知道江南區有一片巨大的綠肺，裡邊藏著幾座饅頭狀的朝鮮王陵，便由妻帶路搭地鐵下江南區的宣靖陵站。由地下登地面，走在夾道高樓擠出的峽谷，深秋的街頭馬上告訴一對異鄉客：在這個時節，江南區是服裝秀伸展台，你們穿得太寒酸了。

沿街走到盡頭拐右，高樓已經在身後，像開走的列車。他們甩掉一堆紅男綠女，踏入了王陵青草地，才找獲適合自己的位置。那一日何其幸運（只是，當

時他還不會知道），難得碰上朝鮮成宗（성종，一四五七—一四九五）的陵墓有導覽，可以公然隨眾踏上綠饅頭，聽講解員分析陵墓的結構。往後的日子，他繼續參觀數十座王陵，都只能遙望綠饅頭，不曾再碰見這樣的待遇。

離開王陵，走回地鐵站的路上，無可避免又要在一片繽紛中浸一浸。這時，不能不想到古中國的「江南」二字代表著「富庶之地」，首爾的「江南」會不會是個從中取得靈感的地名？

未加細究「江南」的名字，他先將名字的專利權頒給中國。二〇一一年第二度短暫赴韓，又搭地鐵下江南區三成站，抓個白領問路，對方果然能用英語告知奉恩寺的位置。畢竟，江南區是外企聚集地，能說英語並不出奇。二〇一二年，他預備留學首爾一段日子，有一天翻書讀到「江北區……」，受古中國詩詞影響者才頓悟過來。原來，「江南」是不為任何一國所獨有的地名；「江南」未必只是專有名詞，可以是個地理方位詞，像江北，江東，江西……。首爾有一條漢江將土地劃分為二，故有江南區與江北區之分，不算犯上重名。

自從帶著一份自覺住下「江北區」以後，他發現首爾五大宮跟自己站在同一陣線。往後再赴江南區時，他儼然是個君主，可以對自己說，那是「下江南」。但，江南區豈是可以被看輕的對象，它總有令人顯得落魄的能力。

二〇一二年三月春天剛赴韓不久，他獲悉第一位教他韓語的老師回國，就聯絡對方，只聽她說：我們在江南見面。當時約在哪一站，吃些什麼，談些什麼，早已不復記憶。他只記得她帶路拐去一家冷清的小餐廳吃韓餐。她在國字臉上化個淡妝，穿著一件舊斗篷夾克，是白色法蘭絨毛衣面。那是不太容易保護的質地，早已沾染了一些塵埃，粒狀衣面像分明的雞皮疙瘩。她不曾開口訴說太多的際遇，那一身的裝扮卻擅自道盡主人的窘境。他太清楚自己坐處江南區，不能不替老師覺得不安。江南區的霸氣又勝了一回。

從妻口裡，他得知眼前的韓語老師是不得已才回國。由於馬來西亞移民廳的文件出錯，造成她的簽證出狀況，變成逾期逗留。她在馬來西亞委託跑腿處理不成，還去了一趟新加坡準備重新入境，都未能成事。最後，她被罰款，被驅逐出境，才以這樣的身姿出現在江南區。

昔日，在吉隆坡繁華區上韓語課的許多個夜晚，人散後他們三人會在購物商場吃夜宵聊天至店打烊為止。妻覺得不能讓她孤身回家，堅持要送她回去。吉隆坡的交通系統不友善，她獨自夜歸肯定備受折騰，必須轉搭幾趟交通。黑暗的三人車廂裡邊，彼此可以不露神色，常常會不自覺想要說些心底話。她透露自己正跟中東商人住一塊。問說怎麼認識，她倒沒有直說，只是帶笑說，托韓流的

江南區朝鮮王陵武人石（무인석）。

福，中東人已經熟悉《大長今》。

她最初的夢想是去新加坡當護士，文憑不受承認，只能落腳馬來西亞教韓語維生。那一次在江南區見面，兩人的位置彷彿對調，他要離開的馬來西亞，卻是她所急於投奔之地。那一頓飯，彼此都有點神色不定。她似乎覺得自己的學生已經深造，不需要她了。他卻覺得自己背後知道太多她的處境，就算他不吐露一語，對方都能隱隱感知。臨別，他不能不為這位年輕韓國女子的遭遇做點事情，便搶先結帳。事後，他總是會這樣想：她挑了一家不起眼的小餐廳，那是她曾想過要盡點自己的能力請客。

同年七月，PYS 以一首〈江南 Style〉，讓全世界知道了「江南」這個地名。他潛伏於江北區，不管出門走往哪裡，都會聽見這一首喧鬧的歌曲叫囂。翌年深冬一月二十六日，他跟同鄉受邀出席一場江南區的婚禮，登上地鐵出口便有婚禮公司的專用小巴短程載送至婚禮現場。賓客只要在櫃檯遞上白紙金字題著「祝結婚」的信封，就可以換取自由餐券。前後不到三個小時的結婚儀式，因為是在江南區上演，算是砸下了重金。事後，他難免要想：在江南區，我穿得夠體面嗎？

古墓派未竟的追尋

那是至今未竟的事業，始於二〇一二年春天。初次攤開首爾地鐵圖時，只見宣靖陵站、泰陵站、思陵站……，他才乍然一驚，原來自己是個「古墓派」傳人，總有一股上路追尋王陵的衝動。

昔日朝鮮李氏王朝君主升遐（승하，駕崩）以後，得擇地葬於王城四十公里之內，所以首爾市內外共遍布著四十座王陵（或帝陵）。由於昔日是中國藩屬國，朝鮮君主只許稱王，不能稱帝，故有王陵居多。及至高宗（고종，一八五二—一九一九）改國號為大韓帝國，才有仿明的兩座帝陵（即洪陵 고종，和裕陵 유릉），那已經是朝鮮王朝末年之事。

王陵格局大同小異，都有一座黃牆褐瓦的齋室，以準備祭祀。入陵得先跨

過一道禁川橋，以示捨離世俗而踏入聖域。行至一道紅箭門下，有一條筆直的參道通往丁字閣。也有不從此例者：葬有李太祖（태조，一三三五—一四〇八）愛妃的貞陵（정릉）參道即打L字形。她生前要讓親生子繼位未遂，後來遭登位的繼子太宗（태종，一三六七—一四二二）所忌恨。

一般王陵的參道左高右低，一處是「神道」，一處是「御道」。凡人肉身只能擇左右兩側的「邊路」走動。盡頭的紅柱建築有兩座翼廊，構成一個「丁」字，故稱之為「丁字閣」，是舉行祭享處。透過丁字閣，可以瞥見主山上文武人石像的上半身，還有點點飛來的鵲雀。通常旅人都無法隨心登上主山細看（除非特定的導覽時間），只能於山下隔著紅籬圍心羨隨意來去的飛鳥。從文人石近陵寢，而武人石稍後的位置排列，也可知昔日崇文輕武的傾向。文人石與武人石手上各持笏拄劍守千秋，間隔兩者是石羊或石馬等，只有高宗和純宗的洪陵與裕陵仿明孝陵，於參道旁龐然立著兩排麒麟、大象、獅子、獬豸等神獸列於參道旁，雪後天下午看靜謐，卻隱隱有股騷動的氣息。一些王陵諸如泰陵（태릉），設有小展示館以陳列圖像，播放影像，對訪客詳加說明王陵的構造與建築過程；其餘如洪裕陵，則展示朝鮮王朝末年的歷史。

王陵是長青之地，不為季節影響，只因種植一棵棵不凋的老松居多。春

來，迎春花、杜鵑花次第而開，都不免讓他懷疑，這些太繽紛的草木，比較像是近人添加的手筆。夏日雨後，草地有地氣寂然上升，畫出一幅松樹含煙圖。一般王陵占地甚大，令人想到高爾夫球場。訪西五陵（서오릉）時，耳際嗡嗡聲，是兩位管理人員推著除草機，在草地上犁出一道道斑紋。

冬季雪後天，市民也會步入王陵堆雪人，打雪仗。如果幸運的話，還可以在積雪中拾獲松果（已屬上一季風物）過聖誕。雪後的首爾，沿街店家會撒鹽化出一條路方便過客，那時要找完好的積雪（沒有一點足印），只能趁早往公園或王陵去。去得早的話，可以當個先驅，在一片不染世塵的積雪踩出第一道足印。二〇一三年的元旦午後，他在懿陵（의릉）踏雪消磨時光，彷彿延續春夏二季踏青的傳統。

夏季遊東九陵（동구릉）時，午後嘩啦啦下起驟雨，他避雨丁字閣。瀟瀟雨簾中跟屬於朝鮮王朝開國之君的健元陵獨對許久。那時，不免要想：王朝霸業，都付煙雨中。另一個夏日向晚時分，他信步一拐，要踏出西五陵，卻不禁站住，眼前的翼陵（익릉）太宏偉了。那時，只見一位老太太由人攙扶，朝丁字閣慢慢爬登，雖然只是參觀，卻像朝聖。還須看了資料方知，一般參道鋪於平地上，唯此處依山勢而作階梯狀，難怪氣派跟別處不同。

出入西五陵、東九陵等三、四個小時，時而更會見到「園」（王世子或世子嬪的墳墓）或「墓」（王族），都不是旅遊宣傳的重點。他曾在西五陵驚遇一代妖女張禧嬪（장희빈，一六五九—一七〇一）的小墓，其事蹟常被改編作影視作品。

訪陵過程總是曲折，不是下車即見王陵。春天搭巴士下泰陵站，過了寂寂無人公路，該往左還是往右走，全然不見路標，只好走一趟冤枉路再折返原處走向另外一端，於日暮前才找獲泰陵。夏季搭中央線地鐵下九里站轉二號巴士，他告知司機小弟要去東九陵，到站請告知。誰知道下車處只見數棟公寓，又是下在茫然處。放目四顧，瞥見了奶茶色路標告知，朝有山頭處直走才是東九陵。有此經驗後，冬日搭京春線下金谷站（啊，杜牧的詩〈金谷園〉）再訪洪裕陵時，他先找出同一色澤的路標，再一步步踏雪尋陵。

常常，古墓派者孤身上路時，不得不抱持這樣的信念：瀕臨絕境時，王陵就會乍然出現。春櫻初開時，他坐四號線下誠信女子大學站，於六號出口外轉搭巴士下在滿是水果店的阿里郎市場（아리랑시장），循著路標朝老社區山頂吃力爬登，心中難以相信紅塵鬧市會藏有一座王陵。結果，貞陵就巍巍然現形於路的盡頭：丁字閣卻裝修著，不容人走近，只能在風前遙觀。

摸找懿陵的過程也是如此，他曾按書上指示坐一程地鐵再步行，到了懿陵佇立一看，卻驚見慶熙大歌德式樓影。那時，方知自己走了一條捨近求遠之路，兜了一大圈；其實，從慶熙大後門步行十五分鐘即至。事後同學才跟他說，我的宿舍還可以看見那一座王陵呢。

王陵的參道與丁字閣。

聽見山中的暮鼓晨鐘

首爾從來不乏名剎，江北有曹溪寺，江南有奉恩寺，求佛者不必走遠，只需踏入紅塵鬧市。但，他從小就放著捷徑不肯走，總是相信：只有多走些路，才能多顯幾分誠心。這樣的人只好捨近求遠，到深山市郊隨喜去。

初春赴韓，人才安定下來，他從書上得知市郊有座玉泉庵（옥천암），就不安於室，心裡都是暮鼓晨鐘的呼喚。身為書呆子，他總有幾分盲目的天真，以為背包塞下一書，只要聽從文字的指示，即能安然抵步。他搭地鐵下弘濟站二號出口以後，馬上發現可以轉搭八號綠色小巴的車站。只是，對過另有一座弄他糊塗的雙胞胎車站（書上倒是不曾提過）。到底，他該在原地等待，還是走過去才能搭對巴士？

最後，他賭一賭，走去對街，上對了一輛殷勤的巴士，由著它直送到玉泉庵前，那已經是終站了。寺院圍牆外有一條磊磊石出的淺溪，像是有人潑了一灘還來不及乾掉的水。寺小，只有幾座樓閣擠在一塊，背後卻開出一大片稀疏的尾屏，枯木的荒涼透露冬天才走不遠。他踏上一橋入寺，行至供有佛像的普渡閣，站側邊一看，才恍然大悟。遠看，以為大石上彩繪著一尊富泰的佛像，走近方知是先摹刻而後上色的「水月觀音」。寬臉，小嘴，細眼，是高麗時代的觀音像特徵。

第二次出門全憑興致，是春天四月上旬。課後午寢醒來，他發現那是可貴的星期五，不願虛度將盡的一日，就坐一號線北上。站著透過左右車窗一探再探，那一個個漂亮的站名是否都會兌現綺麗的風景？石溪，月溪，鹿川，放鶴，綠楊……取名者心裡總有一份畫意。最後，他從揚州站坐返，下在望月寺（망월사）站，那是受到月光眷顧的寺院？他以為甫出站，迎面會有一座寺院敞開大門。不，只有一條未知遠近的登山路鋪在眼前。他先是經過一家以綠色米酒瓶裝飾店面的韓食店，然後出現對他打眼色（「嘿，你可能需要登山杖」）的登山器材店。

走了不久，出現一寺讓人乍喜，卻是占地甚小的圓覺寺（원각사）。他過

而不入，人已經不知不覺朝著登上道峰山（도봉산）的陡峭之路走去。他不免懷疑「望月寺」只是杜撰，自己太認真了。可是，既稱「望月」，想必只能落在高處？到了薄暮時分，寫著「望月寺1.6公里」的路標終於出現，以告知確有其寺，並勸退中年人：不早了，是時候，你應該折返了。

那一日黃昏，他回到山腳下那家綠瓶韓食店，推門入內點個拌飯。端上桌的分量甚大，小菜裡邊竟然有一碟辣炒章魚，是韓食店難得的慷慨。他不能不替這樣的待遇找個解釋：大概這家店習慣款待胃口大的登山客。他才坐下不久，一桌兩位女客起身走了，剩下七、八張空桌，久久都無人填補。一個個紙簍塞滿紙巾，顯然不缺客人，只是黃昏才陷入冷清。店家大媽總是走往門前佇望，她的丈夫靜靜坐著用筆電，女兒雙手托腮閒著，全家人似乎聚集一堂。不知何故，他看著只覺得悲哀：所有人似乎在盼等多一些客人推門進來賞一口飯吃。

那年入秋以後，還是一片夏綠，他又一次聽見暮鼓晨鐘的呼喚，房間就變成了籠子。誰知，淫雨先是困人數日，他一見放晴就搭地鐵下景福宮站，準備在三號出口外等〇二一二號綠巴。可是，電光板上久久只顯示七〇一二號，手上的書已經不能盡信了。登上七〇一二號巴士的中年人尚未吸取上回望月寺的教訓，以為下在僧伽寺（승가사）出入口站，爬幾十步階梯就可以觀覽摩崖佛像。

待綠巴像一道屏風移開後，他才發現眼前並沒有僧伽寺。他不得不抓路邊的手機低頭族來問，對方一樣茫然，卻肯越過一條馬路，幫忙問一對中年人。原來，他所站的位置面對豪宅區，有一條像中分髮線的上山路。再次，一個太天真的人通身沒有一點登山裝備，就貿然踏上北漢山（북한산）。他總覺得快到了，卻遲遲未到。路已經開始走了，不願下山者只能硬著頭皮走下去，但有些路段太陡峭，腳下的運動鞋不能抓地，他險些滑倒。

途中，一對夫婦迎面走下來，老大叔居前，老大媽隔著遠距離尾隨。他問老大媽去路還有多遠，卻聽她先以疼惜孩子的口吻說，你怎麼一個人來爬山，很累的。還說，要是黃昏才下山，會迷路。享受了這一番疼惜以後，他不能不再次確定前路，對方才透露說，還剩一半。都走了一半，能不走下去嗎？

立住腳跟回頭一顧，北漢山能給最好的安慰：首爾市遼闊的城景，讓他可以拍點東西。可是，中途暴斃的話，通過相機搜刮世間多少美景都不重要，不是嗎？然而，太貪戀人世風光者還是接受了美景的賄賂，一路往上走。好不容易，一座新羅風格的九層石塔探出頭來，腳下履及一脈細流，山門已經在望。那叫人幾乎要跪拜涕零，一個多小時過去了。

只是，生命另有更大的玩笑，就在後頭供人玩味。他踏入寺院以後，發現有一條長石階的盡頭豎立著十字鷹架，掛著一層防塵綠網。他一心要上山瞻仰的摩崖佛像竟然在維修中，這是天意？不，站在佛門重地，他只能夠讚嘆這樣的安排：目的地已經不重要，只有沿途看過的風景才算數。

登北漢山途中所見的首爾城景。

坐等黑夜，只為燈亮

上半年的韓國有兩件盛事可以期待：一是花開，二是燈亮。四月中旬春櫻匆匆開謝以後，五月初夏的佛誕日有燃燈會（연등회）照亮入夜的都心。他是在一個黑暗的日子，遇見了一個光明的節慶，從此每年四、五月都會在熱帶遙想北國的燈節。

春天剛到韓國，同鄉約了五月十九日燃燈會當晚見面。偏偏那一日早上醒來，他發現扁平手拿包不見（應該是昨天掉在家附近的地鐵站），一本護照跟著遺失，興致差點全毀。到警局報案索得一紙後，週末大使館不辦公，唯一能做的一件事都做了，只能熬過週末再說。當同鄉問到今晚的約會怎麼辦，他說，愁已經過去了，我得行樂，我需要一些人氣。

所幸，那一日他不曾躲房中悄然度日。他下城赴一場千年歷史之約。燃燈會始於三國新羅景文王（경문왕，八四一？—八七五）時期，本來屬於佛教節日，如今已經變成韓國全民共慶的年度盛事：畢竟，黑暗中有燈點燃，是眾生都希望獲得的照明。在韓國，這也是無形文化遺產第一百二十二號。

那一日，同鄉先私訊叮囑說，午餐不要吃太飽，晚餐要吃好一點，五點在安國站六號出口見面。他跟同鄉都以一身輕便的夏裝出現，距離天黑還有一段時間。同鄉帶著他去仁寺洞（인사동）吃了豐盛的一頓，算是安慰了一個丟失護照的糊塗人。上桌的菜色有令人印象深刻的一濃一淡，淡者只有三片豆腐撒上黑芝麻，搭配一小撮泡菜，濃者是撒有黃芝麻的褐黑肉餅。

吃畢轉去曹溪寺隨喜，沿街都是往鐘閣站方向走去的人影，有些手提紙燈，只是黑夜未至，還不曾點燃。過曹溪寺一柱門以後，頭頂上都是一片各色紙燈拼湊的燈海，一樣等著天黑才發光。

那一晚，人站鐘閣站附近的渣打銀行大樓下，只等入夜遊行隊伍行經。對過普信閣早已搭好一座小舞台，安排了司儀。「丟了護照」是熱鬧裡邊偶爾會閃經的刺痛，幸虧還有最後一道防線：外國人登錄證還在他的錢包裡邊，隨時可以出示他的合法居留。

藍幽幽的暮色一調暗街頭，農樂表演先打開頭陣出現，有擊長鼓者，有象帽舞（상모춤）者，展示著韓國人開朗爛漫的一面。象帽舞，是舞者戴著一頂帽子，上面綴有可以飄動的彩帶（有時是羽毛或珠子），靠著甩動頭部，讓彩帶在空中打圈圈。

一座座燈車終於出現了，乍看都像童年時代在檳島見過的花車。不，上面並無一花，都是規模極大的各色造型紙燈：魁梧的四大天王，異國風情的大象，可愛的娃娃……那是不一樣的風光。富裕的韓國動用財富創作一盞盞別致的燈，讓小孩都有絢麗的回憶可以陪伴一輩子，是造福之舉。應該站在這裡的人，是兩歲多的女兒，他已經是個看過繁華的老孩子。

那一晚夜空重重壓落，所有高樓都顯得低矮。台上司儀說的話在空中迴蕩。世間之大，人們點燃手上微弱的燈，或提或拿著，嘗試剪破很快又會彌合的黑暗。那一夜，沿街還有不肯打烊的兩排店，雖然沒有多少顧客光顧，依舊亮著燈。這些商店都站在人群背後，彷彿給街上的遊行助興，所有市招也貢獻一份光明。同鄉指了對面的一道市招問，你知道什麼是「만년필」嗎？原來，日韓漢字作「萬年筆」，那是祈求永久的命名，中文卻只說明製造的素材，是有點乏味的「鋼筆」。

燃燈會時的清溪川。

遊行隊伍走遠後，更大的舞台就出現在街頭，夾道人群開始當街起舞，男女老少都手拉著手。外國人也紛紛加入，他才發現自己來自太羞赧的民族，把身體管得太緊太筆直。韓國人平時不被欣賞的粗野，此時就會變成值得讚嘆的豪邁。韓國流行樂能夠走遍全球，已經是不難明白的一件事。

翌年再赴燃燈會時，他在韓的日子已經進入倒數。那一次，他跟同鄉先在天黑之前去清溪川。清溪川是鬧市裡邊的一幅長卷，是韓國人重新復活的一道河川，是市民散步的好去處。河中有一塊塊方形踏石，是一道道虛線，人走了過去，腳下便是橋的誕生。那一次，沿清溪川一路下去，只見一座座不同主題的紙燈擱放著。他和同鄉都等著黑夜，就只為再一次燈亮的記憶。

夏

以一本護照換取兩個詞

慶熙大中級二韓語課本第四課以「丟失」（분실，源自日語漢字「紛失」）為主題，提及在韓丟失東西時該如何報失。秋季讀到時，他只想到：為什麼不讓我在初夏時讀到？他家親愛的笑說，大概編撰者都不曾想過會有學生才來韓不到三個月便丟失護照。聽了此話，他能夠不苦笑嗎？

遠在春天初級班時，聽了老師的講解，他曾讚嘆「잃어버리다」（遺失）常跟過去時態結合使用，何其精妙：人總是在事後方知自己的遺失。然而，這是不能隨便讚嘆的詞彙，會纏上知音，會製造機會讓人用上它。

五月杪某個週六，他準備下樓到附近的房產仲介處交訂金時，才發現裝著護照的扁平手拿包不見，房中許多地方開始打上他的指印；他奔往地鐵站詢問，因為昨天曾在回基站一號出口的樓梯盡頭掏出 ipad，一邊背誦單詞，　邊站等朋友；他甚至推門入房產仲介處，要求重訪昨天看過的三處房子。

韓國已經進入初夏，女仲介打著陽傘陪他二度看房，最後手拿包還是沒找獲，他心下只能對自己正式宣布：失物已經成為定局。他多麼希望可以重新站在昨天的地鐵樓梯口，但昨天已經是開走的列車，不能再追回來了。從前，他只是經過街角的警局，現在不能不踏入裡邊報失。他遇見番薯臉的中年警察，只能以不流利的韓語回應所有提問。索得一紙之後，又得多等兩天，週一才能跟大使館求助。所幸，他還有護照的一些副本，可以辦理租房手續；所幸，租房介紹費獲減超過一半。入夜，他下城跟同鄉站鐘閣一帶看燃燈節花車遊行，那已經是首爾能給的最好安慰，讓落寞的異鄉客可以看點熱鬧。

週一撥電給大使館，有關當局表示可以補發臨時護照，學期末得回國辦理真正的護照。但錢囊羞澀者不能隨便回國，他希望大使館能補發真正的護照，對方聽後只問了一句，你是 JPA（公共服務局）獎學金得主嗎？不，他只是一介自費生，就不能享有同等的待遇？

電話中，他還獲悉警局的報案證明需要英語版，只好回頭要求番薯臉警察大叔添加幾行英語。初級班同學各顯神通，不丹小弟索取他的個人資料，要

「Master」（師父）以法力透視護照的下落；汶萊同學給他安慰，透露之前在機場掉過護照，藉大使館之力，三天後找獲；巴西同學繼續在課堂發問逗樂大家，算是表演可以讓人分心的餘興節目。

搬完家以後的週三，他需要趕在早上九點到十一點半之間出現在馬來西亞駐韓大使館，只好缺課兩個小時。坐上沿漢江而行的中央線去漢南洞（한남동），列車窗口一路播放著美景，他不禁懷疑：難道就為了要欣賞這一條美麗的地鐵線，他得先丟失一本世界排行第十二的護照？

下列車步出唯一的出口後，不知大使館所在地的方向，只好走去警局問路。一老一少兩位警察先生韓英混用告知。時間緊迫，他說得乘計程車去吧，卻聽警察小弟說，走路十分鐘就到了。果然，韓國人慣走坡道，不能當真；他花了十五分鐘才抵步祖國的大使館。隔著櫃檯玻璃窗，執勤者是個華貴的韓國大媽，聽了他的遭遇後，給了一份甚厚的表格，說，等吧，或許有人會撿獲你的護照；如果沒有人歸還，填了這些表格再來，兩三個工作天即可獲發長達一年的臨時護照用來延簽，費用是韓圓一萬九千。

也許，他應該按兵不動，等著首爾市主動吐還護照。不久之後，他去新村站一家三樓小書店時，相熟的老闆遞來一杯茶，他透露丟失護照一事，對方告知

首爾地鐵有最大的「유실물센터」（遺失物 center，失物中心），怎麼不去找找看呢。這一下子，丟失的護照彷彿成為可以追蹤的東西，他已經是辦案的「福爾摩斯」。速速然，他告別小書店，鑽入防空洞一樣深邃的地鐵站，由著一截列車載送至市廳站，再朝最大的失物中心奔去。他推門入內，滿室目光聚集過來，一牆大櫥櫃塞滿待領的大小物件，都是人類的粗心大意。遞上報案證明，清潔女工打扮的條紋衣大媽坐電腦前敲敲打打，一場即席韓語口試又來了。最後，他聽見首爾地鐵以致歉的口吻宣布：暫無任何人撿獲護照。

那一日回家，下在屬於案發現場的回基站，「福爾摩斯」再度推門入地鐵管理所。空蕩蕩的一室，只有一位瘦個子的中年職員背光站著，五官隱去。聽見有人要求重看五月十八日中午一點的ＣＣＴＶ錄影，世故的首爾地鐵自有方式應付瘋狂的念頭，用一把冷峻的聲音說，您得有警察陪同。

沿街走下去，他又推開下一道玻璃門，平日坐鎮的番薯臉堆起笑臉問：護照弄好了嗎？另一張圓玻璃桌坐有兩位警察，乜斜著眼打量過來。他們不會知道丟失護照者已經晉升為「福爾摩斯」。一聽見他的要求，番薯臉蹙一蹙眉說，報案證明不是發給你了，拿去辦理護照吧。那一刻，虛構與現實突然吻合，韓國影視作品中的警察形象就擺在眼前（彼時，韓警備受指責的水原姦殺命案剛結束），而且三票對一票，「福爾摩斯」叫不動警察，只能告退離去。

也許，他應該辦理臨時護照了事。不，那一本護照蓋有他跟妻兩次赴韓的紀錄，一次陪同妻產後旅泰的紀錄。從前，那只是旅行證件，遺失之後已經變成需要愛之珍之的紀念品。偶然瞥見一本雜誌提及首爾國際中心（global.seoul.go.kr），那是專門協助外國人在首爾生活的機構，他擬好電郵寄出，卻是undelivered（未送達）。無意中又發現當時首爾市長朴元淳（박원순，一九五五—二〇二〇）的電郵，他上書求助。幾個星期後獲得回應，儘管是幫助不大的文字，卻有撫慰之效。二〇二〇年七月九日獲知朴市長自殺身亡時，心裡一陣激動，韓國歲月這一章歷歷回來了。

眼見延簽期限逼近，「福爾摩斯」已經束手無策，只好提早再敲漢南洞的祖國之門。櫃檯內熟悉的韓國大媽已經被抽換，眼前坐著年輕的韓國小姐，眼小尖下巴，一層冰霜凝結於臉間。他尚未開口，對方先說一句：我只是暫代，什麼都不懂。臨時護照的有效期，能否憑此延簽，都是一時不能解開的懸念。他在韓不肯拿手機（那是額外的開銷），只能填報同鄉的手機號碼，等待祖國下賜明確的恩典。

不久之後，同鄉告知：櫃檯小姐轉告領事的話，臨時護照無法延簽，有效

期三個月而已。他卻認為祖國之言不能盡信，只要韓國當局肯接受臨時護照，誰說不能延簽？翌日上課跟上海同學借電話，他嘗試要撥打韓國移民廳不果，只好求助於鄭老師。他站一旁侍候，老師要筆要紙就遞上。關上電話後，老師唸讀便條上的紀錄，告知能以臨時護照延簽，以及所需的文件。

與此同時，親愛的祖國又改變主意（馬來西亞，你幾時會成熟一點？）。同鄉透過臉書告知，大使館再次來電，決定下賜流落在外的子民九個月有效期的臨時護照，只是領事遲遲未歸，無人可以簽署文件。於是，領取臨時護照的日子一延再延，直到辦理延簽前一天才到手，中間的日子只能臣服於等待，並抱著有人撿獲護照的一絲希冀度日。

終於，臨時護照已經是可以摘落的果實，他第三度搭上中央地鐵線，列車卻是過漢南、西冰庫二站不停，將他關押著不放，直到二村站才鬆開門。虛驚一場，他只好坐回頭車。那時，他並不知道中央線一天只有一兩班過站不停的列車，他是當日的幸運兒，才有那樣的體驗

戲劇臨末總會別生枝節，當過編劇者不能有絲毫鬆懈，還得看招拆招。果然，祖國之門第三度開啟，他掏出收據要領取臨時護照時，只見韓國人媽又重新當值，她說，你的兩萬韓圓手續費還沒付。循著大媽所指一看，小收據上「費

用」一欄竟然空白。他不得不申辯，我付了，不然怎麼能夠拿到收據。大媽在小櫃檯內轉身，取落文件夾，掀起一頁頁，然後抬頭說，我們沒有紀錄啊。

這時，他不得不提那位暫代的小姐，大媽聽後還是目光狐疑，抿了一下雙唇，點個頭再拎起電話筒絮絮而談。聽筒蓋落以後，只聽祖國下判說，沒關係，我們會再徹查清楚。一切如蒙大赦，可以暫時鬆下一口氣。然而，往後每三個月需要延簽一次，手上拿著一本簡陋得叫人幾疑是偽造的臨時護照上韓國移民廳時，他總是需要勞煩朋友陪同。

深秋課後的一日，在家附近的巷子重遇那一位番薯臉警察。記憶慘痛得令人想迴避，看了對方幾秒，他才記起：四個月前的初夏，曾因掉護照一事麻煩過這位警察大叔。對方問，辦了新護照嗎？也許他應該虛構一個叫人安慰的故事。不，他還是決定殘酷地據實道來，說，只辦了臨時護照，明年還是得回國辦護照。聽後，對方無言走開了。那時，炎夏早已過去，他終於可以對自己說：天涼好個秋。

跟現代漢語失散的詞彙？

夏日偶然發現「木手」（목수）一詞，以為是「麻木的手」。查了始知，那是相等於現代漢語的「木匠」，卻粗樸有味。他滿心喜悅，彷彿給中日韓共享的「歌手」（가수）一詞找獲失散多年的同胞。及至冬天，翻書發現「司書」（사서），那是現代漢語的「圖書管理員」，他就不能不想到「司儀」，難道是同個系列的詞彙？

中文的「完美」空靈有餘，卻不具體可感，彷彿訴說著不可能發生的事情，太抽象了。可是，韓語的「完璧」（완벽）是塊觸手可摸的美玉，不帶一點瑕疵缺口。現代漢語的「完璧」已經是個帶有比喻性質的詞彙，只剩從前香豔的小報還肯用，如今也漸漸絕跡了。當中文系學生讀《史記》時，只將「完璧歸趙」當作一則古老的典故，卻未必知道「完璧」一詞在日韓兩國還是家常詞彙，充滿積極的生命力。我們的「完美主義」，進入日韓是「完璧主義」。

古代需要驛站讓官員換馬歇息，再上路傳遞文書。如今，馬兒在城裡已經成為稀有動物，「驛」字轉用作「지하철역」（地下鐵驛），還有昔日制度的餘響。及至大選，「馬兒」又會活躍起來，報章上總會有「출마」（出馬）一詞。現代漢語的「出馬」是出頭做事，而韓語的「出馬」則有較廣的意思，可以是「（上陣）參選」。

讀到「總角」（총각）一詞，自然想到明朝張岱在國破家亡後寫的〈西湖夢尋序〉有一句「舊役小傒，今已白頭，夢中仍是總角」。「總角」，古漢語指未成年男女，頭紮兩個小角。韓文固然有這一層意思，卻放寬年齡的限制，老大不小的未婚男也算「總角」。

山頂築巢記

入夏以後，北飛的候鳥忙著就地取材，於山頂築巢。小小一房，是中年候鳥在首爾的第二個落腳處，面積只有吉隆坡公寓四方陽台的大小，裡邊卻有廚房廁所洗衣機空調冰箱。儘管空間小，候鳥卻能啟動適應的心理機制：室小可以收心，妻女再訪時擠在一塊，更添相依之感。

此斗室只提供一副可以移動的單桿衣架，卻不知道來者尚需一桌，以安頓筆記型電腦。鳥兒只好走訪附近的韓式家具店，要了一張胭脂紅傳統小食桌（전통 식탁），其四隻桌腳可以內折。從來小食桌都享有活動自由，讓人在廚房擱上白飯小菜，再端至用餐者面前，是出入廳堂的一分子。可是，他家的小食桌只能張著四肢屈居斗室一角，直到翌年夏天轉送他人為止。

一物總是引出一物，有了小食桌當電腦桌，久坐者不能不有坐墊。他乘坐地鐵下往十里站，碰上大賣場沒開，便轉赴以售賣傳統工藝品著名的仁寺洞，價格卻不符合預算。他又去東大門市場（동대문시장），先是相中一家的坐墊，議價不成，又走去另一家不見老闆身影的小店，只好詢問隔壁手工編織店的中年織女。她從店裡轉身出來，對著一條長廊喊了過去。驚動了人，只好買兩個像樣的坐墊回去跟小食桌搭配。

斗室牆上有開關，對入住者說：秋冬可以開啟地暖。室小，他不願安床，買了一條滑亮的被單鋪地，再擁著故鄉帶去的百衲被入睡。白天起身捲收一切，以盡量還原一室該有的面積。他將此斗室當作韓屋地暖房（온돌방），自願奉行打地鋪的傳統。天花板過低，舉手可以觸頂，自然不裝吊扇。氣溫上升至二十五度以上的熱帶夜（열대야，多美的日韓漢字，令人思鄉），開空調已經是無可避免的宿命，不能再省電費了。房中央天花板鑲著唯一的圓燈，入夜一按，一切畢現。白燈入目是刀刃，恐光者習慣就著桌燈的小光圈伏案，其餘盡量交付黑暗管轄。他下城去仁寺洞，由著同鄉陪同幾個小時兜兜轉轉，買了兩盞韓紙（한지）紮成的桌燈。

一旦動念築巢住上一年，就會失去將就的能力，而多了幾分講究，購物單越寫越長。過去三個月只吃無餡麵包的人，一旦要吃果醬塗麵包，就得多買一把果醬刀，一支洗碗液；過去，用水壺喝水的人，突然想要泡麥片，就不能不有個杯子。他逛仁寺洞時，早已瞥見東京社架上有個芭蕉紋青瓷杯，卻不能不有一番掙扎。走遠以後再走回頭，店已經打烊了。翌日舊地重訪，有位老太太躲店內深處的隔間（似乎上網），頻頻有客入門，也不現身招待。小店清雅，件件精品，卻幾無買家。他在芭蕉紋杯前佇立十分鐘，醞釀了無數理由，以說服自己買下。他太清楚妻一定會說：這樣貴的杯子，裝水喝了會成仙？

剛搬入那棟樓時，事先獲知的大門密碼有時不能通關，他曾在午後被擋在門外，只好一按再按門鈴。來開門者是住第一樓（在其他國家算是「底樓」）的日本老太太，能說韓語，幫忙聯絡了屋主。一問方知她來慶熙大醫院治病，才住了下來。聽了此話，不能不有點驚訝，韓國向來只吸引追夢的年輕人，從未想過醫療旅遊這一回事。往後夏末的一日，他踏雨回家，又一次被拒於門外，只好手敲玻璃門。約莫十分鐘後，日本老太太再次現身，一老一少索性爬高，扳開電箱關掉電子大門，以絕後患。

爬上兩層窄梯，到了自家門前，需要輸入另一組密碼，一絲隱憂總是閃過腦際：萬一失憶，就進不去了。翌年冬末初春的二月初，事情果然以另一種方式

山頂小房大樓旁的坡道。

發生。他自外歸來，發現電子門關上時發出異響，還閃著紅字，就抽出電池準備下街去買。誰知那門一帶上，再也開不了。幸虧，他早已跟街上便利店的大媽混熟，就拜托她給屋主撥個電話。

當時零下二十幾度，他匆匆趕回那一棟樓，站房外等待屋主救援。大門一響，來了斗篷包臉像俄羅斯娃娃的屋主，手持長條儲備電池砰砰上樓，對著電子鎖一按，然後要他輸入密碼。門開以後，只能由著它敞開，他隻身再下山買電池，步伐卻不能急衝衝，社區巷子有些路段容易打滑。便利店大媽旁邊站著一個收銀員說，我家電子門兩年都不曾換電池。說此話者大概不清楚，眼前的外國人經歷波折重重快一年，還需趕在年關前多受一場虛驚，凶險的一年才會過去。

房號四〇四，是搬入以後才發現。之前看房子時，忙著考慮位置、抵押金數額等諸事，不曾想過要忌諱：「四」與「死」在韓語都是同音字。一個經歷轉校、丟護照的中年人自有應付的心理機制：既然是外國人，就不受韓國人的忌諱所影響；既然來了外地，華人也不用怕這些繁瑣的忌諱。

於是，一隻從馬來西亞北飛的中年候鳥住了下來。只要伸展左右雙臂，幾乎可以觸及房中兩堵牆，其中一堵有雙扉方窗，可以遠眺另一處山頭，那裡聳立著慶熙大的歌德式建築，中間有大小高低爭著冒出頭的樓群。入夜，慶熙大亮燈辦慶典時，他跟熱鬧維持了適當的距離，卻又享有一份可以取暖的人氣。夏日清晨，風送來鳥鳴聲，午後又送來孩童嬉鬧聲。到了盛夏之夜，就不能不關窗開空調度日。待熾烈蟬鳴一絕響，他重新開窗引入一股舒爽的風。那時，一身黏濕已除，像蛻了一層皮，是秋天來了。

下過幾場雪以後，那一扇窗會擅自冰封，翌年春天才能再度打開。室內地暖一開，窗口披淚滴水，牆腳必須擱放可以吸水的布塊，然後一再殷勤替換。這時，坐處斗室者彷彿缺了一對眼睛，已經不能跟外面的世界互通聲息。他知道春天終究會來開窗，只是幾時呢？他開始想念熱帶了。

房間面積只有吉隆坡公寓四方陽台大小。

赤道人陌生的熱度

婚後，他常聽妻說，只要是夏天，我一定逃離韓國。從前他只當笑話來聽，她回到赤道，豈不是從一個火坑跳到另外一個？

住過韓國以後，他才知道火坑也有深淺之別。起初，還不覺得有異，六月入夏的日光觸膚，是熱帶人熟悉的溫度。出入蝸居的社區，矮牆下一盆盆吐露眼熟的綠意。那時，首爾退去華麗的春裝，人人換上有點土氣的短衣褲，以禮敬新一季。及至六月中旬，夏日驟雨一至，關窗是必須的動作。往後的日子蓬蓬聲入耳，已經變本加厲，山頂斗室彷彿一件緊身防彈衣，久聞的梅雨季終於開始了。七月初午後，又多一把故鄉的聲音，是雨中有雷。原來，入夏，就是進入回憶。

西瓜隨著六月綠意一起登場，走經路邊攤一看，一粒竟然標價韓圓一萬

九千，熱帶人才痛悟過去的理所當然：馬來西亞韓國餐廳，在飯後總會端上一小碟的西瓜切片，難道視之為待客的珍品？在慶熙大食堂點個飯，也附送一小片西瓜，那已經是不能不珍惜的甜品。到仙遊島（선유도）時，瞥見有婦人手握一把西瓜圖樣的扇子，一片暗紅的瓜瓤，繪有粒粒黑瓜子，是應景之作，能給人視覺上的清涼之感。他過去不識夏季果王是西瓜，太失禮了。

一般韓語教科書或韓語檢定考試總是喜歡敘述韓國人夏日上山下海，中年人的島民性格發作，則去了仙遊島。他搭地鐵下合井站八號出口，久等五七一四號巴士不果，決定徒步橫跨漢江的楊花大橋（양화대교）。那一日去時炎熱，歸途卻有晚風一路相送。在島上轉彎的地方，有一張長木椅，那是休息的邀約，他將書包當作枕頭，睡了一個好覺。繼續上路時，他瞥見有個女生躺男友大腿上，用一把鑰匙梳理愛人的腿毛，那無聲的動作，比任何說出口的情話都肉麻。

那一日，他買了一瓶從冰桶拿出的礦泉水，卻是「礦泉水冰棒」。他待冰慢慢融解，喝了一個下午。再入合井站，有一幅廣告太體貼，是一顆絨面（近看是地毯草）的青蘋果擱放白背景上，光是望著也能生津止渴。

首爾的夏日不是一味求綠的季節，不管天上人間，都偶有別種色調的闖入。在地鐵，有一個高大的男生，眼鏡、手錶、耳機統統作粉紅色。人們出地鐵站之前先掏出墨鏡，以抗拒太分明的世界；女生是塗了腮紅還是熱紅了臉蛋，已經分不清。七月中旬的一個黃昏，抵達家中發現窗外的雲彩都作黃金老虎紋。入夜以後，一朵朵白影，都是天空沒有裝入口袋的棉花雲，在四處飄蕩。

日復一日（除了週末）上課之前，老師帶頭感嘆天氣太熱，大家紛紛附和，都將夏日當作入秋的過渡期。夏日已經成為生活的開場白，只有以它開頭，才能續接其他話題。中級一的課本相當應景，提到「不快指數」（불쾌지수）高時，人容易上火，會跟身邊的人起摩擦，不能不謹言慎行。那是多好的發明，向東學習的熱帶國應該引入，以後凡事都可以有個推諉的名目。

喝了一點米酒的夏夜，人下地鐵後走著一條雨後潮濕的夜路回家，經過一處的咖啡廳，正打著紅豆冰（팥빙수）的廣告，那是夏至的代言。從那時候起，他便找獲可以出入小超市的理由，放學途中總是手持紅豆鯛魚燒冰淇淋踏上未竟的歸途。

之前，還以為住家附近施工，連日大清早五點即聞燒焊、電鋸聲，直到某日下樓，見一樹之上有蜻蜓的盤桓，滿耳熾烈的聲響，一個書呆子才醒悟樹中另有乾坤：這不就是從書上「久聞」的蟬鳴？從前只是沉默的名詞，如今夏季就在耳邊發出自己獨特的聲音。

然而，夏蟲終究不可語冰，韓國只許牠們逗留一季。在常綠的熱帶，「昆蟲」彷彿長壽，大家腦裡沒有「夏蟲」的概念。在仙遊島上，他見過有小孩手捏一片葉子撩弄毛毛蟲。他不能不提醒自己，那是夏後即無的風景，得記在眼裡。

梅雨一收，八月進入暴炎（폭염，酷熱）天，那已經昇華為陌生的熱度，是他不曾領略的境界。上街走動的人身是一把失靈的螺旋風扇，不能好好散熱。常常，彷彿有一雙手臂纏繞頸項，那是濕度高的夏日氣溫掐喉。這時，熱得昏頭昏腦者終於明白「暑假」之有，並信仰人是泥做的，隨時會化掉。走累時，他的腳步一停，才發現自己活在奇異的世界，一切竟然紋風不動。摸一摸頸項，是粒粒細鹽。

雖然八月上旬已經立秋，天地暗換大自然的櫥窗，他還是堅持將往後的一些瑣事悉歸夏季的帳目。一夜雨後，他推窗發現有一物久久附於窗網，那是躲了他快一季才現身的夏蟬。八月下旬，颱風似乎要來，一夜呼呼聲，窗扉跟大門頻頻振動。

颱風來的那個早上，他獲悉可以升上中級二，一季終於要熬過去了。聽完一場「世界文化遺產」的講座後，他速速踏上歸途。街上人稀，耳邊葉浪聲索索響，腳下總是踩到枝枝葉葉。儲備好乾糧以後，為防玻璃窗震破傷及自己，他只好躺在廁所與洗衣機所擠出的一縫走道上，半醒半睡。中港台日的同學都有實戰颱風的經驗，馬來西亞人這方面太天真，沒有苦難，就沒有應對能力。他巴不得颱風快來，也巴不得它快點過去。

颱風過後的清晨，只聽樓下唰唰聲，是掃落葉。中級一結業禮後，全班聚餐一頓。飯後他跟兩位日本同學移步到飲料店，第二時段的老師匆匆從另一班聚餐中趕來請客，她吃了幾口紅豆冰又匆匆趕回原處。那一碗入口的紅豆冰，已經是夏天最後的味道了。

以現地學習之名

夏天只是鋪好的綠帆布，等著下一季塗上繽紛的秋色。初看夏日，只覺得這一季是個單調的過度，不管往哪裡去，似乎都不太對（除了綠草地的王陵），一切應該留待秋天。七月中旬，中級一班主任卻當眾宣布，我們要去南怡島（남이섬）「現地學習」（현지 학습）。南怡島以秋色與冬景著名，夏日入島能有什麼看頭？

七月二十八日清晨，趁著暑氣未盛，幾輛大巴駛離首爾。到了春川（춘천）已經中午，師生湧入一家餐館吃當地的名菜辣炒雞排（닭갈비）。搶得空桌者，呼朋喚友坐落，按交情重新分班，坐等小菜上桌。果腹以後，搭渡輪登島，隔著一排木柵樣的林中樹，只見徑上有人騎著單車遠去，拖著一份首爾不曾見過

的夏日閒情。跟著大隊走，他不能獨自騎單車測量一島的大小，只能隨眾走到那片著名的杉道。站住了腳跟，戴帽居多的留學生橫站一排留影，擋著行人的去路。

島上不乏寧靜一角，他沿著水邊走，碰上一個小渡口。他知道南怡將軍（남이 장군，一四四一—一四六八）被貶謫的際遇，只願意當作那是古詩詞裡邊的津渡，一個注定只能口賦離別詩之地。經過一間韓屋，夏日樹蔭似乎太濃，綠了灰瓦。細看方知，是瓦上有一搭沒一搭長著苔蘚。然而，究竟哪一片為綠蔭，哪一片為苔蘚，卻不易馬上辨認，只聽肉眼說：欣賞即可，何須分辨虛實呢？臨離島上時，行經南怡將軍的墳墓，只見斜光雕出守墓文人石的清晰面目，那是一日將盡的餘暉。

往後幾個學期，慶熙大都會一再挑選不恰當的季節，到不恰當的地方去「現地學習」。升上中級二時，一行人在秋楓凋零後，爬上冷清的雪嶽山（설악산），然後下山在東海（동해）過一夜，那已經有點不妥。及至高級一隆冬時節，幾車穿著厚重如熊者，卻被送往需要戶外走動的愛寶樂園（에버랜드），那就更不可思議。

當時，素有文字癖者不免要思索「現地學習」的目的與意義。那不是去該去之地，以實地學習一些東西嗎？後來，他跟妻提起此事，卻聽她調侃說，是的，帶你去了那裡，你看你能看的，就是學到了東西。但，他總是期盼啟程之前（或之後），有人給他講點南怡島、雪嶽山的古今事。不，毫無準備地上路，糊里糊塗地往返一趟，除了同車共桌聯誼，能有什麼收穫？如今，他才發現當日的自己太拘泥於字面，「現地學習」也許只是借學習之名，找個地方將一群憋在課室上課數週的年輕人放牧一下而已，他太認真了。

從南怡島回來以後，他終究不願浪費在首爾的時日，曾在暑日獨自逛過兩處王朝勝跡：宗廟（종묘）、圓丘壇（원구단）。昔日的尋常訪勝，如今回頭再看：那樣的出遊，算是「現地學習」嗎？那時，他心中正東拼西湊著一幅朝鮮王朝的漢城圖，他逛過三大宮（獨留昌德昌慶二宮給秋季），以訪君王生前的御所，出入遠近的王陵，以覓君主的長眠之處；最後，他覺得應該走一趟宗廟，以窺君主的魂歸處。

那一日買票以後不能自由行（星期六例外），只能尾隨導遊踏入宗廟。當時，他是帶了眼睛出來，卻不曾帶眼光出門，只覺得宗廟的建築沒太多看頭，匆匆拍些照片就轉身離去。十年以後，記憶終於回甘，重新轉過頭來告訴他說：宗廟以少勝多，比起用色繽紛的五大宮，更令人回味其簡樸之美。其中的正殿，是以「一」字格局建於基台之上，向著左右不斷擴建，從昔日七座變成十九座廟堂，像一幅打開來的長卷。筆立的柱子與緊閉的門都只作朱色，不增任何色調以亂人眼目。門後供奉著列代君主王后（妃）的神主，一股神祕的氣息隱隱滿溢出來。

正殿基台的空地上有一大片石板，是以形狀不一的石塊鋪就，粗糙而不失天然美。綠草趁著夏日從中長出，慢慢填補石縫。垂直的線條，樸素的建材，單調的用色，都讓宗廟正殿顯得莊嚴靜穆，是個鄭重看待死亡的地方。

另一個夏日課後，他步行至明洞，繞至威斯汀朝鮮酒店後，發現兩小一大的拱門站在高處，正給一座三層高的亭子加框。他拾步台階，從中間最大的拱門走進時，卻不知道那是「三門」；他朝著亭子前去，也不知道那是「皇穹宇」（天子祭祀神位之地）；還有，背後旅館所在地曾有一座圓丘壇，在一九一三年已經被日人拆毀。當時，他只是到了「現地」，還需等到事後回憶時，才開始「學習」每一棟建築的名稱，以為每一幅記憶中的畫面都配上該有的說明。

那一日，他只知道自己來到彷彿北京天壇的一處，那是朝鮮高宗稱帝以後要祭天而仿建之物。王朝勝跡，只見種有柔靡的紫色薰衣草，太不得體。但，如今「保存」古蹟的其一手段不就是美化成市民願意親近的公園？那個下午，有西

宗廟正殿。

裝男匆匆繞經，數名遊客不作徘徊，拍了「到此一遊」照即走。他繞著皇穹宇走一圈，只見欄杆上的獬豸（如今是首爾市吉祥物）神態各異，台階處的獬豸一副誠惶誠恐的表情。

興盡，他發現一排朱門，由旁繞出去，對面即德壽宮大漢門，他馬上跟兩年前的記憶迎面碰撞。二〇一〇年深秋初次赴韓，站在德壽宮大漢門前準備買票入內時，遙見對過有朱門緊閉，他是何等好奇其中的景觀。隔了兩年，時間終於對他揭開謎底，然後說：你只是從彼岸，走到了此岸。

兩水里的夏與冬

二〇一二年夏季，旅韓多年的紐約長島人 Robert Koehler 推出七百多頁的重磅旅遊指南《韓國》（*Korea*），同是異鄉客者翻至其中一頁，當即被一張有古畫韻味的彩照迷住：煙波裡停著一葉不繫之舟，背後一橫土地伸至水中，上面有一株株枯樹，枝椏呈葉脈狀，遠一點有朦朧的山影。

一旦瞥見「兩水里」（「양수리」），固有詞地名作「두물머리」）樸素又別致的地名，他已經心動。待讀到交通資訊，只需從回基站搭上中央線即可到達，他在夏季當即行動，已經不願等到春秋二季有溫差起霧的畫面。

八月中旬的一個課後天，他搭上中央線。人掙脫了首爾，才知道大都會的擁擠扼喉已久，終於可以透一口氣。待列車從雲吉山（운길산）越過北漢江時，

高架橋下的江面浮著一座衣蛾形小島，那是他之後將踏上的地方。只要站在島一端的盡頭，便可以遠眺北漢江與南漢江的交匯，故稱「兩水里」。

那個午後，下在空落落的兩水里站，他順著來時的鐵軌遠眺，韓國馬上對著異鄉客展現多山之國的風采，眼前一幅山外有山圖：遠到天邊的一重又一重的阻隔，呈現出藍綠的漸層。出站以後走一段冷清的直路，他才抱憾夏日將逝，卻未能一睹夏荷，就在兩水里的路邊發現一片綠意，都是風下微搖的荷葉。綠中只有幾點紅，他是來得太早，還是太遲？其中一朵的花瓣有缺，卻不減清麗；另一朵紅中泛白的花瓣似乎含光，在日下晶透得像蓮花燈。一時，這個世界的事物已經無隔，花可以似燈，燈可以似花。

踏橋入島時，一陣狂風掀翻手中傘，天上烏雲滾滾過境，對岸已經是一幅潑墨山水圖。入島以後，前方有幾位華麗裝束的大媽，見驟雨斜至，紛紛入亭。他是後來者，裡邊早已坐滿大叔大媽，有個老大叔手指一位老人家，對著那群華麗大媽說，再過三年，他就百歲了。似乎憂心亭中人不信，老大叔一再重申。驟雨一歇，大媽們又是一陣笑語喧譁，先走了出去，他待要開傘，才發現一場午後驟雨剛促成一場人間的小聚散，在亭間上演。

八月中旬的兩水里無霧，一切入目太清晰，一葉不繫之舟拋錨入水，不供

旅人輕泛，只為點綴山水。走經一圈圍欄繩，裡邊有幾株軀幹極粗的老櫸樹交拱，他從枝椏圈定的天地望出去，那是南漢江與北漢江交匯之處，遠有一扇扇交疊的藍綠群山。臨江處設有一座站架鋪有一塊板，複印著一幅古畫，是李建弼（이건필，一八三〇—？）的《斗江勝遊圖》（두강승유도），今之遊人可以比對眼前的景觀與古代的畫意。

夏季逛過兩水里之後，秋日忙著追楓，冬日忙著應付雪降。當他再記起兩水里時，已經是翌年立春以後的事。那一日，高級一同學給他辦生日會，課後他彷彿需要一些冷靜，便獨自搭上地鐵舊地重遊。出站抬頭，一片屋頂上冒出一個亮點，是個聰明人趁著白雪世界，掛上一粒醒眼的紅氣球，上面寫著「분양」（銷售）二字。那一日走在兩水里路上，三十七歲生日的中年人突然想到：沒有天賦可恃，環境也不一定是地利，將韓國的空氣一口口吸入，再吐出來就會是一口流利的韓語嗎？不，從今以後還得繼續努力。

在北國初春的那個午後，他走經兩水里一座橋時，冰封的江面已經開始融化，有一道道或白或灰藍的冰紋。岸邊有淺褐蘆葦，一大截黑褐枯枝倒插入江，不待春天花開，其衰敗的姿態也有古畫韻味。他發現江面隱約有物移動，拿出相機聚焦一看：中學時代唸過的一句詩終於有景為證。那是一些水鴨子下水游動，

春夏的兩水里景色。

一些邁腳試探冰面虛實。

夏日見過荷花的地方滿眼只有枯敗，裡邊的走道有匆匆兩個米粒大小的人影，在襯托天地之大。入島見不繫之舟，夏季只是孤舟，入冬以後卻有伴，一整排停泊於結冰的岸邊，都滿載著晴雪。逆光景象幾乎只有黑白二色，地是白的，枯枝是黑的，一點雪中綠是常青的松樹。從來，蕭瑟都是北國的專有名詞。

臨江處，有人不懼打滑，穿黑風衣站上墊腳石，以凝望南漢江與北漢江的兩江春水。快門一按，他拍下別人，心卻渴望站在那個位置。那一日，兩水里旅人稀少，飽吸了冬日的冷寂，大叔終於將生日帶來的熱鬧撲滅，才回去首爾繼續過日子。從此，他記得：三十七歲生日的那個下午，他一人在兩水里靜靜度過浮生半日。

結緣

最好的人間味

時光倒流，他會跟昔日出入影視圈的中年人說，別吃這麼多，你已經不小心先吃了未來的那一份。二〇一〇至二〇一二年二月，人在影視公司受薪，常常一有聚會，都不免始於吃，或終於吃。一部戲有開鏡禮，有收工宴，小小的創意總監擠在明星中出入不同的餐廳，都是無需付費的榮耀。

離職赴韓，脫掉了光鮮的外衣，他淪為不事生產者，拿著一小筆錢在他鄉京城當書生過日子。他不能不驚嘆於韓國的通膨，餐點每漲一次皆以千圓起跳，這時他終於懂得節制與計算。最初的落腳地在地鐵附近，他卻是盡量少吃窩邊草，因為知道只要走離繁華街，進入遠一點的冷清後巷另有價位相差一兩千的餐館。只是，一來一往，都消耗不少熱量，不就白吃嗎？

開學上課以後，他終於發現另有一塊福地：慶熙大青雲館學生食堂。它落在地下層，附有較為豪華的教職員廂房，他只想到「階級」二字，覺得那不太鼓勵師生同桌吃飯。學生食堂有一溜三個攤位共享的櫃檯，拿了托盤站等時，常常會不小心觸及擦得滑亮的奶色櫃檯。輪到自己時，他知道要將托盤放上櫃檯，好讓穿綠圍裙的大媽端上飯菜。這時，不管臉孔生熟，他必須趕緊吐露那背熟的台詞：밥 좀 더 주세요（請給我多一點飯）。

三個攤位各具特色，韓食與西餐各占一個攤位，另有一個他出於現實考量而鮮少光顧的攤位，主要賣些填不飽肚子的小吃諸如炒年糕、拉麵、米腸。第一週下來，他知道從此午餐不必費思量，課畢直奔這裡便能果腹飽足。由於太價廉物美，起初的一個黃昏，他還走回青雲館尋找白晝的記憶：果然，學生食堂不賣晚餐，早就打烊了。明知週末學生少，不可能做虧本生意，他還是回校確認，一樣熄燈。由於事關長遠的幸福，他寧可多走一些路，以確認學生食堂真的只營業五天。他已經是忠實的擁躉，不願錯過任何一天。

一週五天，他總是徘徊於韓食與西餐之間，直到畢業為止。他記得吃過的日式炸豬排，一刀切落，薄薄一層肉之上附有馬鈴薯泥充墊厚度，難免給人欺客的第一印象。這樣單薄的炸豬排自然不能跟首爾南山下的名店相比。只是，想到那價位，想到肯添飯的大媽，想到這炸豬排還附送一瓶益生菌，他能夠不感激嗎？許多年以後，在維也納得嘗當地著名的炸豬排，只是面積較大，不也薄薄一層肉？這時，慶熙大學生食堂的炸豬排才獲得平反，誰規定炸豬排一定得厚實？

語學堂上課四個小時，太不配合學生食堂營業時間，到了一點才肯釋放學生，已經太遲太遲了。有幾次奔落地下層，看著當日牆上餐牌，他先是一喜，知道這一天是參雞湯日，後來又繼之一嘆：天啊，已經賣完了。升上高級班以後，同學教他下載 app 入 ipad，人未至食堂，可以先知當日的餐點。這樣一來，結果更慘痛，上課一半先看到參雞湯賣完，心裡就跟著一沉；不然一聽聞課已經結束，寧捨電梯不等，趕緊跑了下去，有時竟然撲空。誰叫他一開始已經輸在起跑點？學生食堂十一點營業，兩個小時之內，有什麼熱銷的餐點不會賣完？

學生食堂有一道板牆分出明暗兩處，他常常選擇坐在板牆後，那裡有一排沙發座位，讓人在暗處可以貪戀一些舒服，貼著椅背持久聽著周遭的談話鍛鍊自己的聽力。至於明處呢，都是必須正襟危坐的鐵桌椅，正對三個攤位，太沒有私隱。有幾次他未能搶得寶座，只好跟朋友坐明處聊天。聊得忘我時，卻見食堂大媽捧著一個托盤盛滿當日的菜色端過來，說，吃吧。這時，他才知道快打烊的食堂會送上人情味。

有那麼一次，點了菜，端上盤才發現是不吃的內臟：雞胗。他本是糊塗之人，入目只見「닭」（雞），卻沒看下一個字作「똥집」（胗）。那是多美麗的失誤，還需等到許多年以後，往事才會追蹤到里斯本的一個黃昏。那時，走逛了大半天，餓得不能不推門進入一家冷清的小店，他瞥見了一個 chicken 的字眼，卻不顧另外一個字，就點菜。等到侍應端上桌以後，座中無人能夠享用那一道葡國雞胗，大家只是睜眼看著盤中物。他該怎麼對不諳英語的店家說，雖然沒吃，但就在那長長的一瞥中，他已經再次享用過韓國學生食堂的美好回憶？

不能進食堂的週末，他常常步入一家老舊的韓食店。它彷彿自慚形穢，躲在慶熙大主街的一條山坡陋巷。掌勺者是個瘦高的大媽，似乎已經度過六十多個春秋，她不勞他人相助，隻身忙進忙出。起初，他的口味是大醬湯與辣豆腐湯二選一，及至秋冬才偶然發現這家店另有拿手好菜：辣炒章魚。

這家老店的泡菜偏辣，入口卻清脆，他常常為了聊表謝意，盡量吃完。只有一次小菜尚未上桌前，他先囑咐大媽：「오늘은 김치를 안 먹어요 （今天不吃泡菜。）」大媽站著不肯走，追問為什麼「不吃」。這時，他才發現沒有把話說清楚，就改口說：「목이 아파서 못 먹어요．（喉嚨痛，不能吃。）」大媽聽後似乎釋懷，終於肯移步。

韓諺「금강산도 식후경」（金剛山也是飯後景），是「民以食為天」的意思。

妻女來時，帶著她們一起去吃飯，大媽免費送上一瓶益生菌，給當年只有兩歲多的女兒。她們回國以後，他隻身步入，大媽問了一句：孩子回去了？是的，他在聚散之後現身，彷彿準備告訴眼前的大媽：從此，我這個出外的「單身漢」，拜托您再多加關照了。

離開韓國前，手上有個不曾用過的四層碗盞，妻一直希望自己的丈夫從學校打包點東西當晚餐，但他已經占了太多便宜，受過無數添飯之恩，不好意思再那樣做了。提著碗盞走下樓，到了山下大媽老舊的店面，他奉上韓國人看起來有點新奇之物，告知下週即將離韓，大媽有點錯愕。

那一日他點辣炒魷魚，大媽附送一大碗大醬湯，說，你喜歡這個。是的，不分四季他都在吃這個，大媽早已記得他的口味。吃完待要付錢，大媽說不收錢，他只好說，這是生意，你得收下，我回國之前還要來吃呢。推讓一番之後，大媽才肯收下。他一走，便聽聞身後鐵捲門拉下，那已經是謝幕聲了。

「人間」與「用心」

年少時，他瞥見太宰治的《人間失格》，始終不懂中譯本書名的意思，難道表達「人間集體墮落」？三十七歲那年，韓語終於告知中年人，「人間」在日韓另有「人／人類」的意思。所以，逐字翻譯的結果，是「喪失為人的資格」。然而「人間」（인간）一詞與「味」（미）結合作「人間味」（인간미）時，卻又換了一層意思，那是他在韓國嘗過無數次的「人情味」。

剛來韓時，他一直以為「열심」一詞是「用心」，還原了漢字才驚覺那是「熱心」。在韓國讀書，光是「用心」是不夠的，還必須「熱心」（認真、努力）。當描述人們著迷於某物而成癡時，韓語嗜走極端路線，習慣冠上「狂」（광）字：讀書狂（독서광，書癡），映畫狂（영화광，電影迷），足球狂（축구광，足球迷）……。要是覺得「自卑」的話，以韓語說出「劣等感」（열등감）一詞，只會讓自己顯得低人一等，更覺得慘傷。

永不逾期的禮券

赴韓之前，心裡已經擬好劇本：他要獨立一點，盡量不要麻煩人。可是來韓以後，他不照劇本來演，常常違反韓國的通則：沒照顧分屬同鄉的後輩不說，還要麻煩後輩奔波。先是轉校、找房子讓後輩忙了一通，穿著來韓的黑皮鞋又趕在同個時候「開口笑」，他只好往大學路，由著同鄉當口譯，在鞋店找一雙難覓的二七〇號大碼運動鞋。年中丟失護照要補辦時，他懷疑自己填寫表格的能力，又去大學路找多一雙眼睛幫忙。當年，他誤信流年不利，十年後才恍然驚覺：原來，該作此嘆者是同鄉，那一年他重遇麻煩特別多的人。

上課總是留下無數疑惑，那不是付費韓國人即可解決。常常，趁著休息時間，他走至黑板前彎腰請教，問得老師面露難色時，便知道不能再為難人了。他

一次次帶課本赴大學路之約，坐咖啡館讓同鄉給自己補習。同鄉手抓一張紙寫下幾個字，以概括韓語文法特點：你要留意「（으）ㄴ，는，（으）ㄹ」這三種形式。校內老師獲悉中年人的太太是韓語老師，就認定那是他背後的老師。殊不知他另有真正的老師，就在大學路坐鎮。

起初，生活上都是不太友善的韓文（所有外語只對認識它的人友善），他又患有「家電恐懼症」，深恐按錯一鈕，引起世界諸般震動。要使用洗衣機時，手上沒字典救急，只能跟同鄉請教。他發短訊來：「很簡單的，首先選온수（溫水） 냉수（冷水），然後分別選擇以下三個階段的時間或次數：세탁（洗濯），헹굼（浸泡、涮），탈수（脫水）。」秋季要用地暖時再度求救，他發來：「開：켜짐（名詞）關：꺼짐（名詞）。」搬出宿舍自立門戶後，拿到電費單和瓦斯單，他不知該如何繳費，發出短訊的救助者接獲出奇詳盡的回覆。知無不言，不難辦到；言無不盡，究竟需要多大的耐心？

要延簽時，他才驚覺韓國當局要他出示約莫馬幣一萬元的財務證明。一個財務失算者，只能設法湊合一紙證明。韓圓動輒以成千上萬計算，他實在羞於當面啟口，計算好多少個零以後，私訊給半靠獎學金半靠錄音養活自己的同鄉。他本來準備用「挪」、「墊」等字眼，最後還是決定正視自身的窘境，寫下了一個

「借」字。

往後每幾個月還會有同樣的磨難，他都獲得拯救。那一年秋季手頭特別拮据，他透露要將手上僅存的一批外匯（泰銖，新幣，美金）賣掉，同鄉說有相熟的錢幣兌換商，可以獲得較好的兌換率。可是，他手上那一點小錢，值得費時陪同到南大門去嗎？對方說沒關係。捏著小錢，他在一個午後依時出現在會賢站五號出口。

有那麼一回，他接獲同鄉的訊息說，出來見個面吧。那時，身在山頂小房的窗口下坐著，他突然心裡一亮，算了一算，才發現同鄉的用心：他們之間似乎已經形成一種固定的規律，一個月見一次。同鄉總是體恤他孤身在外，怕過去有妻女相伴者會寂寞，又約他了。每逢佳節（燃燈節，新年），更不願意他落單，總是約他出來解悶，見一見世面。

他厚著臉皮赴約，由著同鄉先請吃一頓，再一起移步到咖啡館喝杯由他付費的飲料。那飯局二部曲裡邊，總有他的下台階。那年秋天，他曾被帶往三清洞，踩著黃昏雨後路，步入一家小店吃熱騰騰的天津包子。那時，他才吃著，卻已經知道那是往後會繼續品嘗的回憶。翌年一月冬夜，坐明洞證券大樓之上，窗外有新世界百貨大樓的燈火相伴，他托同鄉之福，又吃了一頓奢侈的鼎泰豐。

有一日，他剛從病中稍微恢復，帶著幾分昏沉去大學路赴約。兩人之中有個病人，及至用餐時，就不能不躊躇於入夜的街頭。最後，他由著同鄉帶往牛骨湯（설렁탕）專賣店，一碗撒著綠葱花的白湯配著白飯入口，身體出了汗，腦子竟然像一面擦亮的鏡子，周遭顯得清晰鮮明起來。往後的日子，他都不曾再點牛骨湯，病中有人作伴吃過的東西已經是人間至上的美味，還會重現嗎？

有一兩回手頭實在太緊，自知沒有還請的能力（哪怕一杯咖啡），他只好痛下決定，找理由推掉不見。那是多麼不痛快的日子，他告訴自己：總有一天，一定要將事情的原委寫出來，讓一切明明白白，不然太不起昔日相約者。

十二月入冬以後，氣溫一直往下掉，隨時白雪鋪地。他接獲學校電郵，告知有包裹待領。那是教保文庫寄來的一箱神祕禮物，必須腋下夾著踏上積雪的歸途，獨自躲在小樓靜靜打開，才能貪婪享盡所有的喜悅：裡邊有三本書。同鄉似乎知道他不能「缺糧」，才冬日送暖。翌年新春，他又當面獲贈兩本書，幾次托同鄉郵購書籍，他都會附送一兩本中年人該讀的書。

他總是一說再說那似乎不具分量的「謝謝」，然後聽見一句「客氣了」，或「별말씀을요」（見外了）。那時，他只好開個玩笑說，我會加速給你一百個「謝謝」，讓你可以享有 rebate（回扣）。如今，他才發現自己沒有把話說對，這個世間的每一句「謝謝」都應該是禮券，而且永不逾期。

佛光山的數飯之恩

他先是誤會，再來錯過，最後靠著同鄉引渡，才進去那一棟紅磚樓。剛赴韓時，他搭過三號線地鐵，一見有站名為「佛光」（불광），便以為韓國肚大能容，以台灣師父創造的道場命名地鐵站。不，只有太天真者才會作此想。要赴首爾佛光山者，真正需要下在東大入口站二號出口，爬上地面，再走一小段路，才能抵達。這時，他又不禁嘆息。

原來，二〇一二年三月中旬，為了遊覽十五世紀朝鮮王朝的水標橋，他曾下在東大入口站六號出口；事後方知，人已經離佛光山非常近，那彷彿兩顆棋子落在棋盤上，隱隱布定一局。然而，那一日果真發現這一點，他會走前推開那一道宗教之門嗎？不，在他鄉生活的中年人太世故謹慎，在他最需要宗教的時候，都時時刻刻提防那是寂寞的隨意指路。

四月櫻花初綻，他才得以跟首爾佛光山真正結緣。那時，他接獲同鄉邀請，說佛光山有星雲法師的「一筆字」展覽，可以去走一走，然後一塊吃午飯。那個週日，他從東大入口站二號出口重登地面，望了一下周遭，才恍然一悟：一個月前的自己真的離這裡不遠。

踏入首爾佛光山以後，逢有法會的日子，同鄉都會邀請。他儘管赴約，卻是不太稱職的信徒，禮佛動作太笨拙，只是在模仿觸目可及的對象，像不入戲的演員。畢竟，孤僻者乍然混入群眾進行集體活動，身體總會有一份不由自主的抗拒。法會以後，他到地下室吃一頓素食時，心裡總覺得自己占了佛堂的便宜。畢竟，在物價高的首爾，一個不事生產者只要心裡有意無意想到省錢，就有「蹭飯」之嫌。

翌年新春，同鄉再邀去佛光山吃年夜飯時，他笑著說，又要去「蹭飯」？同鄉倒是開導說，沒關係，本來就是要招待人的，心有罣礙可以自己添加一些香油錢當作飯錢。但，應該還有比他更需要那一頓飯的人，他總是占了別人的便宜，能回饋的卻不多。

那一晚吃著飯時，住持問在座的留學生，你們會守歲嗎？一個已經老大不小者竟然回答說，我們現代人每晚都過十二點才睡，每天都在守歲了。十年以後，他仍想說，師父，切莫見怪，且當童言無忌。那個除夕夜洋溢著家庭氛圍，一群異鄉客吃了一頓素飯，一碗紅豆湯，還獲贈一個八寶袋，一封紅包（上面有燙金字眼：曲直向前，福慧雙全）。他另有一項福利，獲同鄉贈書兩本。

偶爾，會在首爾佛光山碰上幾位中國留學生，心裡常有一陣欣慰：肯來佛光山的年輕人，想必在自己的土地已經接觸佛法，或者願意開始親近佛法，那是未來的一點薪火。同鄉曾介紹其中幾位，他都止於一面之緣，不曾真正深交下去，因為中年以後要維繫的關係實在太多。

首爾佛光山其中一層樓設有圖書館提供精神糧食，他找獲一本《枯木開花：聖嚴法師傳》，借讀以後深受法師留日經歷的激勵。同鄉見一顆頑石對佛教有點意思，陸續贈送數本跟佛教有關的韓語書，以幫他提升韓語能力，進一步認識佛法。其中一本非常應景，是冬日雪天的禮物：題目作《雪中足跡》（눈 속의 발자국），是聖嚴法師自傳。

那一年冬天，道一法師從全羅南道松廣寺遠道而來，在首爾佛光山弘法。其中一段話有個淺易精闢的比喻，相當符合韓國的情境，他說：人生之為苦海，應當有此認識，就像泡澡之前應該知道水是熱的，那麼投身其中時才不會大為驚訝。

另一場名為「希望的 Concert」，是法輪法師三百場巡迴演講之　，到了慶熙大已經是最後一場。那一夜座無虛席，他跟同鄉只能坐台階之上，工作人員遞來坐墊。法輪法師頻頻使用「成功」與「失敗」二字，意在消除韓國國民的好勝心。他說，能隨心做喜歡的事情，就無成敗之別，就像人應該隨山勢的起伏走動。回國以後，法輪法師出新書時，同鄉還私訊問，要我寄一本給你嗎？

有一回易地約會，準備在曹溪寺的一柱門前見。那時，他開個玩笑說，我是個罪孽深重的人，犯的都是色戒，實在不應該入廟隨喜。同鄉當頭一喝，那更應該進去。往後，他繼續開玩笑說，我要是遁入空門，你就是禍首。同鄉竟然笑著回應，當仁不讓。

二〇一六年四月春天再度赴韓，就在一個下著細細春雨的午後，他手提一袋美祿與即溶白咖啡踏入那一棟有點寂暗的紅磚樓。不管帶些什麼東西到首爾佛光山道場，都只算聊表心意，永遠難償往昔的數飯之恩。但，一段春天結下的緣分，能夠趕在另一個春天再續接，那是美好的巧合。

二〇一八年，他沉浸在寮國龍坡邦的佛光裡邊忙著寫生。每一天走在三十幾座寺院密集的半島上，他有一份不能抑制的喜悅。有一日，他終於想起遠在首爾有個故人更應該享受這一片祥和。他買了一張明信片，草草寫下幾個字，再貼上郵票。入夜以後，他獨自走上一段路，到夜市附近的郵政局投入了那一份邀請。

秋

熬過三伏天

身體有罣礙，人才會不由自主早醒。那一年夏季，他常常早醒在山頂小房，抬手看一下腕錶，才凌晨五點多。上著中級一韓語班的大叔面對太繁重的功課（還是下筆太慢？），入夜不能不喝點咖啡提神。誰知，閉目不到數個小時，又醒在暗中，距離上課還有三個多小時。那是一篇韓語作文用得上的時間，他趕緊盥洗，再坐燈下提筆，由著自己前半生的事跡慢慢轉世為韓文。

上初級班時，一切順流直下。中級一，他才察覺突然湧現一堆格式繁瑣的文法，都是會阻礙升班的擋路石，不能不搬進腦。慶熙大韓語課程似乎被韓檢考試範圍牽著鼻子走，初級文法教太少，中級文法卻不成比例，教得出奇多，是極為臃腫的一塊，高級班則教得比初級更少，有草草收場之嫌。為什麼不能均勻一些呢？

八月上旬，「立秋」已經打出下一季的預告，所有人卻活在夏季餘威裡備考，對考試範圍極為計較。第二時段的老師先透露期末考的範圍，說，從第五課考至第八課。他聽了只覺得太不可思議：語言本無明顯的界限，外語學到某種程度，更是難分範圍。果然，翌日班主任出面更正說，從第一課到第八課。有個拿韓國獎學金念書的巴拿馬同學叫囂說，反正期中考都考過前五課，幹嘛不從中間考起呢？

那一季他還當聽話的丈夫，照妻所言，課外多選修一門名為「漢字圈漢字」的課，忙上添忙。常常，看著灰髮韓國老師握筆在白板寫筆畫繁多的漢字時，他不能不心驚，班上其餘兩位中日學生都太熟悉漢字。有一回，老師錯將「位置」（위치）寫成「位直」，他望了一下靜靜的周遭。那也不難當眾幫忙開脫，古漢語的「直」有時也可以通「置」。

備考時，他不慣拿著課本一頁頁費時翻閱，便將所有漢字及其定義都抄錄於一紙。漢字班的考試並不容易，個別漢字得用韓文寫上漢字音，再以簡短字句寫下定義。例如「耳」（韓國漢字音作이），「사람이나 동물의 머리 양옆에서 듣는 기능을 하는 감각 기관」（在人或動物頭部兩側具有聽力的感覺器

官）。考完當天，老師揮毫寫韓文字，要學生以剪刀石頭布決定挑選墨寶的優先權。他居第三，卻可以先挑一幅「용기」（勇氣），其餘諸如「성공」（成功）等字眼，都是附帶的結果，不是嗎？

那一日，漢字班老師還說，我們大家在三伏天一起上過課啊。是的，都是一起抗暑過的人士。暑熱似乎已退，一個學期的陣痛也隨著換季而終結。入夜，氣溫似乎陡降，腳下地板森森然，那是秋天嗎？他繼續上學，起初碰上一陣涼風，不免抬頭一看，還會懷疑：是陰天使然，還是秋天使然？他放出的目光總是在搜尋秋天的痕跡，街樹卻是未換夏綠的裝束。

只有一日午後，山頂小房出奇寧靜，他才驚覺蟬聲已經消失。他坐地板面向小食桌上的電腦，隱隱有一脈又一脈的冷空氣從窗外鑽入，纏繞過來。通體一陣陣舒爽，夏日油膩已經蛻去。他終於知道秋天先渡人以一口又一口涼氣，一兩個月後才會贈以一幅繽紛圖。

隨著秋風一吹，他終於可以流連街頭，不必畏懼曝曬。有一日，站等交通燈更紅換綠時，享受秋日閒暇者從周遭萬物看見三物共組一幅夏日風味圖：一棵站穩腳的綠街樹下，有一座並非自由身的紅郵箱，正跟一輛暫時停放的單車為鄰。他走過這條路無數次，還需等到夏季過去，才察覺那裡有著強烈的紅綠配搭，是暑熱與蔭涼的色調。

進入九月斷續有雨，彷彿為了趕盡剩餘的暑氣。他從學校回來途中，步入便利店買一梳菲律賓香蕉。回家以後，他隨手擱放地板，窗外雨冷了地板，室內竟起一脈濃香，於鼻端不時出沒。從來，只知這世間有花香，卻不知香蕉可以飄香濃郁至此。

氣溫漸漸轉冷，首爾有了新一款的親密動作登場。他在鐘路三街站的月台等地鐵，只見一位男生脫下黑外套，給愛人穿上。然後，他伸手將對方的黑長袖往上推，找出了一隻被袖藏的女手，再緊緊握住。是秋天了，才能上演加衣的戲碼，才能摸索裝入衣服的身體局部。有人肯當眾演出，他只好扮演觀眾，不迴避地直視新一季的親密。

九月中旬，他終於肯按季給眼前雨一個名分，是「秋雨」了。入夜都是點點滴滴，是戀人似乎都會打傘，挨靠在一塊。看在他眼裡，愛情本來就是這樣張揚的。

海雲台的一場婚禮

金秋漸近的十月，他都快升上中級二，初級班鄭老師還記得他，發了一張請柬邀他南下釜山參加婚禮。她似乎覺得外籍生光是上語學堂唸點韓語是不夠的，得有一些文化體驗，才算在韓國真正待過。

從來，婚禮都是私事，只有親友才能出席。在異國他鄉受邀出席婚禮，會有一種溫暖的錯覺，彷彿已經被當地的社會接納為一分子。即便離這個事實還遠，受邀者都會覺得自己終於跟當地人有了一點關係，才得以親睹人生重要場面。那一年，他活在老師的一份體貼裡邊。

出席之前，不能不有點準備。他辦過婚禮，深知那是一樁極為花費之事，而且年紀也不小了，不能失禮。他事先跟同鄉討論一番，要給多少禮金才算得

體。心中有數後，就在出發前夕趕去文具店買一疊不零售的「紅包袋」。在韓國，「紅包袋」是個不太貼切的詞彙，韓國人崇白，取其素淨，過年對聯都寫白紙上，而且是「白衣民族」。所以，那一晚他買的是「白包袋」，韓文稱之為「祝儀金封套」（축의금 봉투），上面有一行直排燙金漢字，寫著：祝結婚。

那是生平少數時刻，他竟然懷疑自己不具早醒的能力，出發前夕下載了一個鬧鐘 app 進入 ipad。結果，不待鬧鐘叫囂，他五點自動起身梳洗，天亮即走去回基站跟初級班同學集合。誰知，汶萊同學告知得憑請柬入場，本來就不願意錯過這一場婚禮的中年人手上無卡，一緊張便準備一起走回頭路。那時，碰巧巴西同學帶著韓國女友走來，她比誰都熟知規矩，說了一聲不必，才沒誤登車良辰。

一行人坐地鐵下首爾站，跟其他班級學生一起登上鄭老師準備的人巴。車上有慶熙大老師派飯糰、果汁，讓一群醒得早的外籍生可以充飢。看著眼前的畫面，耳邊彷彿聽見鄭老師的叮嚀：請幫我照顧這一群孩子。

四個小時後，已經是下午一點，才抵達釜山的酒店。首爾與釜山相隔幾百公里，一群從大巴下來的外國學生見到老師時，已經是至親重逢，臉上都有一份壓抑不住的喜悅。那一日，鄭老師比課堂上更美，只是已婚的老學生不便當面讚美，只能含笑靜靜站著。

韓國賓客都憑禮金換取自由餐券，只有一群外國學生享有特權，由另外一個老師派送餐券。顯然，鄭老師一開始便不準備讓學生送禮。他待要遞上禮金，才發現櫃台上備有一疊祝儀金封套。不少韓國人都現場掏出禮金裝封。這時，他才驚覺自己來自一個含蓄的民族，封紅包的動作不是應該像女生化妝，先在家裡進行嗎？

婚禮會場掛有一張觸目的布條，先呼喚了一聲鄭老師的名字，緊接著一句「我愛妳。只要相信我，跟著我走」，那是新郎當眾的表白，也是韓國人不懼世俗目光的表現。趁著婚禮儀式尚未開始，他溜去外頭的海水浴場拍照。那一日，釜山的海鷗只在天上盤桓，始終不肯飛降，牠們似乎知道他手上沒有好處可以掠奪。野心勃勃的釜山正大興土木，舉辦著國際影展，似乎要取代九七回歸以後的香港。

婚禮兩點開始，歷時一小時都是一環又一環的節目，有走伸展台的入場儀式，有證婚人的言辭扯上國家大事，有新郎好友的雙人組合又歌又舞。最後分批在一角大合照花掉半個小時，才輪到他這一班登場。待可以坐享自由餐時，只剩半小時供人狼吞虎嚥，然後一群外國人統統必須上車歸去。

歸程與來路一樣長，但知道了費時多久，便少了一份期待，多了一份放

心，整個人鬆弛下來。他只恨待在婚禮會場的時間太短，只有兩個小時。車子尚未脫離釜山之前，一路前行都是文明填不滿的地方，還是山與海的原始風貌。一群外國人在車上獲贈松糕、酒、礦泉水當回禮。無聊之極，大家竟然要求彼此模仿各國母語指稱同一種事物。這時，世界終於連成一線，葡萄語輸出的「pão」，到了日本變「パン」，到了韓國變成「빵」，都是發音接近的「麵包」。

中級班的老師

八月杪中級一韓語班結束，照樣有聚餐，第二時段的朴老師匆匆從另一班的聚餐中趕來小聚，請了他跟兩位日本同學吃紅豆冰。她只淺嘗數口，又匆匆趕回原處。隔著玻璃門瞥見交通燈下孤立的身影，突然有股難言的心酸湧上來，事後他才覺得自己應該走出去，陪她過馬路。

韓國人成群時，不容易發現有何異樣，只有落單時，彷彿剝落了堅強的外殼，只見身上有很重的擔子。眼見老師在等交通燈，他馬上警惕自己：所有對他人的「可憐」，都屬於高高在上的「垂憐」，只有神夠資格吧？

那一季，朴老師剛跟男友分手，是班上皆知之事，中國同學還建議她上《非誠勿擾》的節目找對象。她通曉多語（包括漢語），有一次班主任當眾開玩笑說，你們的朴老師什麼都準備好了，包括年齡也都準備好了。言外之意是：偏偏就還沒找獲對象。

每次回憶班主任的話，只覺得裡邊有一股寒意，他笑不出來。在到處都是婚姻介紹廣告的韓國，儘管受高教育的女性越來越多，但不婚或未婚在他人眼中，始終被認為是個「缺陷」。未能獲得同性的尊重，比起未能獲得異性的青睞更可悲，所以交通燈下等待的身影令人覺得心酸。

上著中級一時，還來過一位代課老師，班上有同學問她的故鄉在哪裡，她才答了一句，釜山附近，下一句就反問：難道你們覺得我說話有方言口音？雖然，曾聽聞釜山籍的老師因為口音在首爾受排擠，但之前初級班的鄭老師活得坦然，這位老師怎麼如此多疑？

來韓以後，常常領教韓國人的多疑敏感（還是他們反映大叔身上這些特質？），頻頻踩中地雷。本來，他很想當眾告訴那位老師：我們純粹好奇，說不定妳的家鄉是個漂亮的地方，我們可以去逛一逛。但，多疑本來就是一張無邊際的網，要是多說一句，還會有傷她面子之嫌。難道，韓國的地域主義已經對這位老師造成很深的傷害？

膩人的夏季一過，他升上中級二，換另外三位風格殊異的老師登場，完全是以一副新氣象迎接迷人之秋。這回他不必多說，班主任洪老師什麼都懂，她曾被外派到馬來西亞教學，剛從赤道北返。她問，你想念家鄉的食物嗎？也許，他應該按照人之常情說些場面話，但面對一張沒有太多鋒芒的老實臉孔，他比較想坦白說一句：不想念。

另一回在走廊上碰面，洪老師先是笑一笑，問：혹시 J 씨를 아세요？（您認識J吧？）聽見혹시（來自漢字「或是」），想必她心中有譜，只待聽者加以確定，他跟著笑一笑說：那是內人。命運彷彿要他相信它做了巧妙的布局：洪老師才在馬來西亞韓國文化展見過內人，回韓馬上當了他的老師。

語學堂向來陰盛陽衰，是女老師天地。就在秋季，難得給他碰上一位稀有的金姓男老師，專門負責第二時段。他的個子在韓國人裡邊算是矮小，總是令人想起小叮噹，而且是較為精壯且小一號的叮噹。他有個五個月大的女兒，大叔忍不住說了一句：有女兒的男人都是幸福的。這位老師當即教授一詞，以形容愛女成癡的男人：딸바보（女兒奴）。

這位金老師不讓上課時間有冷場，總是手足並用，語調高低起伏，以跟睡魔爭奪學生的擁戴。他教「하도 A／V 아／어／여서」（因為太……）時，以極其誇張的腔調特意拉長又拉高「하」字，上到了頂點，才讓一個「도」重重跌

落地面。全班總是屏息看他演出，久久發不出一言。有一回碰到吃狗肉的話題，發問的日本女生似乎期待眼前這位飽受關注的男老師是個例外。不，他卻好像要欣賞日本女生不忍的表情，他不但說吃過，還說很好吃。

第二時段另有一位粗眉厚唇大眼的安老師會上陣，她有著一副凶殘的男人臉，卻知道善用口才與爽朗將缺點蓋掉。有別於其他老師的照本宣讀，教科書到了她的手上都是需要修訂的草稿，她常常一邊教一邊批評，覺得有些設題不太貼切。後來，他才知道安老師不只具備破壞「經典」的能力，還有破壞課室規矩的能耐。

有一回，她單手捲著書，沿著ㄈ形排列的座位走了一圈，發現有個學生缺席的空桌，就雙手猛然一按，整個人坐了上去，由著雙腿伶仃高懸。那　日，她可是身穿一件裙子，班上眾生皆一臉詫然，年紀大的日本女生都變成初見世面的小朋友。

那時，時光是一隻飛了過去，又會在回憶裡邊飛回來的鴿子。這位舉止常露別樣風情的安老師不會知道台下有個大叔從前教書的時候，也常愛坐上桌面，跟她是同路人。稍微當眾破壞一下規矩，可以緩和緊繃的上課氣氛，也讓學生知道老師並非神聖的偶像，是跟他們站在同一個陣線，一樣不滿現狀，一樣有破壞的衝動。

只是，這位安老師幫忙學生打倒神聖的教科書，破壞班上規矩之餘，卻忘記學生交上去的功課不是必須珍藏的情書，她收走以後應該要發還。都十年了，親愛的安老師，大叔辛辛苦苦寫的作文在哪裡？

不丹小弟的喬遷宴

最初，那是需要備考的一頁頁韓語課文，到了要待人處事時，他才覺得那是生活指南。及至身體力行以後，他又恍然驚覺：那是寫好的劇本，只等著他上陣。

慶熙大韓語教科書有課文提到「집들이」（喬遷宴），要外國人受邀時應當送些有好意頭的東西，才符合韓國人的習俗。儘管他熟讀課文，卻以為這一輩子大概用不上這些後備常識。誰知，秋日獲知不丹小弟搬離宿舍自立門戶，而且是在韓國這一片土地上，一時他不管彼此都是外國人，準備照慶熙大國際教育院寫好的劇本來演。

那一日純粹即興演出，他站在偏陰欲雨的街頭，透過 Kakao Talk 發了短訊給要「對戲」的不丹小弟，見他沒有回覆，就先下明洞去。手頭拮据的大叔找上一家著名的兌換商，將手上的外匯紛紛兌換成韓圓後，突然有一種賣掉股票還債的痛苦（純粹比喻）。

重返回基站以後，老天似乎知道他有了送禮的小本錢，才讓他接獲不丹小弟的回覆。他想了一陣，棄選廁紙（搞不好不丹小弟也一樣主張水洗？），準備買洗碗劑當作小賀禮。課本（不，已經是「劇本」）說，廁紙可以拉很長很長，有（財富，幸福）源源不絕之意；洗碗劑可以搓出許多泡沫，是富貴昌盛的象徵。於是，手抓一支洗碗劑，一個赴約的演員有了道具。

那一天，走在路上的赴約者有點不一樣，手上彷彿握著權杖，他竟然期望路人的目光可以讀出一層意思：知道他要赴喬遷宴。不，首爾並不好奇他的一舉一動。他在左顧右盼中，卻碰上一對熟悉的外國人目光，是來自非洲迦納的黑人女生。讀初級班時，這位高眺時髦的女生常來他班找包頭巾的汶萊女生，她應該知道慶熙大最為嚴厲的宿舍世和苑該怎麼去，赴約者啟口一問。

一問方知這位非洲女生也搬離宿舍，恰好跟不丹小弟作了一牆之隔的鄰居。她指出一條路，赴約者才要走到，驟雨突至，只好趕緊入世和苑避雨，等不丹小弟來帶路去他的新居。

那一日，不丹小弟竟然留客，下廚削起馬鈴薯，還煮了飯。赴約者手上拿去當作薄禮的道具，終於可以派上用場：吃了飯不就要洗碗嗎？至於能搓出多少泡沫，已經不重要了。他幫不上忙，只能環顧不丹小弟的新居：那是半地下室，面積比山頂小房還大，浴室廚房齊備，也附有家具。

他不抱一點希冀，不丹小弟弄什麼便吃什麼。先是一道用上青辣椒的「起司燉馬鈴薯」，另一道則是秀珍菇淋上同樣的辣起司汁。他還煮兩粒蛋，但這一老一少實在缺乏常識，不知蛋要煮多久才熟。結果，剝開來吃時，蛋黃未熟。

不丹小弟尊重他，叫他坐床上吃飯。大叔說習慣坐地上，不丹小弟說不丹人也一樣。大叔問怎麼吃，他說用手，大叔便用手吃了生平第一頓不丹人煮的菜。當時，只道不丹小弟是「拉到籃裡便是菜」，隨便煮煮而已；十年之後上網一查，始知那一道「起司燉馬鈴薯」是不丹人的家常菜，名為「Kewa datshi」。會煮這樣家常菜的孩子，平日得幫家人做點家事吧。

那一頓「起司燉馬鈴薯」入口算是辣的，不丹小弟見大叔皺眉頭，便說已經遷就客人，他平時吃得更辣。原來，大叔一直誤會不丹小弟不愛吃韓國菜，是因為韓國菜太辣。他帶笑說：情況正好相反，韓國菜不夠辣，刺激不了我的胃口。

跟不丹小弟已經斷斷續續相處八個月。初級班的同學就是不一樣，最先一起在陌生環境共甘苦，已經坐在回憶最前席。後來，幾度升班再遇見的人，都只能說一聲抱歉，只能讓他們坐在稍後的席位，因為感覺完全不一樣。

飯後，不丹小弟要去圖書館備考，一老一少走往世和苑時，卻見便利店外，坐著兩個喝酒的洋人，都是蕭邦的同胞，其中一位還是大叔中級一的同學，旁邊還坐著屬於點頭之交的尼泊爾人。過後，又見初級班的瑞典同學從宿舍走下來，一時人氣興旺，大家開夜宴似的，圍坐喝起酒來。從不丹小弟的喬遷宴，轉入第二攤。

之前，在不丹小弟家，他已經喝了咖啡，如今兩杯米酒再下肚，大叔的膀胱都是尿意。但是，他住這一區已經幾個月，老早摸索出哪一家店的廁所不設密碼，可以輕易一手推開。歸途，他不得不加緊腳步，以推開街角的一家大方的快餐店（大叔還是報上名字以答謝它，是Burger King）。

那一個秋夜，跟之前幾天有點不一樣，大叔竟然覺得不怎麼冷，身上兩件衣物已經足夠禦寒。也許，在兩攤聚餐中他已經飽吸溫暖的人氣，秋涼才減幾分吧。

五大古宮尋秋

仲秋時節，周圍的首爾人嘴邊常掛著一句話：溫差大，今年的丹楓（단풍）會好看。韓國人口中的「丹楓」一詞，純屬籠統的概括。入秋，楓葉之紅固然可觀，銀杏之黃卻也不可錯失。更勝者，還有眾多花木漸次的變化，秋意六七分熟時，夏綠之間已見繽紛，其色澤之富，簡直難以形之狀之，人間之詞都要告窮。

十月下旬至十一月上旬，首爾江北區的夏綠告退中，秋色的豐彩於王家後苑悄然登場。朝鮮王朝五百多年的基業，給首爾市留下五座較為大型的古宮：景福宮，昌德宮，德壽宮，昌慶宮，慶熙宮。他的錢包裡邊早已有一套印刷精美的一萬韓圓全票（期限一個月），準備課後去王家後苑追看秋色。

第一站，是素有韓國第一大宮之稱的景福宮，裡邊有紅黃兩種秋色。黃者，可見於丕賢閣一帶，那裡植有銀杏，一陣陣西伯利亞冷風吹颳，黃葉紛紛飄墜，銀杏葉之床一層層加厚，蓋去了地面的夏綠。從丕賢閣的銀杏之黃，往前走不遠，即有一圈楓紅環繞的「香遠池」。此池取名自〈愛蓮說〉的「香遠益清」，夏日名副其實，有一池荷花盛開。入秋，隔著一棵棵或橘黃或棗紅的楓樹窺看，池中島的香遠亭益發脫俗。

秋季丹楓雖美，仍需古建築的襯托，造化與人工，缺一不可。另一個深秋的午後，他來到堪稱韓國造林藝術之最的昌德宮祕苑，裡邊有布局新奇的樓亭。最叫人驚豔的是愛蓮池，旁邊設有一道命意甚好的「不老門」，是以單塊花崗石刻製，呈一個倒立U字，內方外圓。穿過不老門，便能去不老的神仙境？

那一方愛蓮池即神仙境。池之北有孤亭，兩隻腳立足於地，兩隻腳濯足於水。如此造型，也可見於景福宮慶會樓，那是韓國造亭的特點。正逢秋季，楓紅紛紛垂至眼下，一時跟亭子梁柱的丹青爭豔。此具孤傲之格的亭，也名「愛蓮」，同樣取自〈愛蓮說〉。

秋色隨意妝點，遊人難以臆測，入園方知有多少分成熟。愛蓮池畔夏綠未全退，只有三五株繽紛，卻已經成為合影的焦點。不管賞春櫻秋楓，韓國人始終未發展出一套自我約束的禮儀，不時喧囂可聞，還有人動手搖晃樹幹，以求拍攝落葉紛紛的畫面，入目極為掃興。

愛蓮池不遠處有個葫蘆型水池，韓國人認為是朝鮮半島的縮影。從小山上俯瞰，池畔有幾座形製不一的亭閣疏落著，其中尤以一座扇形的觀覽亭最奪目。據說韓國境內只有昌德宮得見如此造型的亭子，走到此處者莫不留連。亭旁有好幾搭蝦子紅，乍看似春夏花色，其實是一點秋意的初露。

步行於昌德宮，一牆之隔有樓閣伸頭，那是與之為鄰的昌慶宮。二十世紀初日治時代，日本人大肆破壞，降「宮」為「苑」，改作動植物園。如今入宮不遠，便見一片廣袤之地，是昔日公主的居處，日治時期悉數被拆毀，以種一大片松樹。在散步道走動，隔著兩側的松樹一窺不遠處的宮殿，分不清是遊人腳下沙塵，還是秋靄使然，自有一種朦朧美。

入昌慶宮，就像逛景福宮，只要朝有池塘處尋去，就會發現秋色暗藏之地。昌慶宮有春塘池，十月杪都是秋的消息，一整個葫蘆形池邊，有一重又一重的秋色隨步移換，宛如一幅鸚鵡羽色圖。今人所見的春塘池貌似只有一個大池，實則由一大一小兩個池塘相連成形。小者遠在朝鮮王朝已有，大者是個歷史傷口，之前是王家農圃，日治時期闢為池塘，以供尋常百姓出入泛舟。較之於其他王宮，昌慶宮地勢起伏，花木之數相當可觀，卻難敵景福宮與昌德宮的盛名。停留首爾三五日者鮮少造訪，殊為可惜。

相對於昌慶宮花木之多，坐落於地鐵二號線市廳站出口的德壽宮只有幾株銀杏楓樹作代表。宮中楓樹已經紅透，三五搭葉簇作可愛的丁香色；至於銀杏，人站宮外石垣道，有數株伸出牆外來，成為一道誘人的金黃牆頭景。那時落葉填瓦縫，呈黑黃相間的參差之美。石垣道盡頭是市立美術館，數步之遙有百年貞洞教堂。幽靜的一街兩側簪植著銀杏，還有一棵見證朝代盛衰的百年老槐樹。這裡一直是首爾市最宜散步的街道之一。

出了貞洞街，遊人冷落的慶熙宮在目。不論哪一季，那裡都是清靜之地，既不在五大宮全票之內，也不收費。慶熙宮曾是朝鮮王朝君主的離宮，原有的格局恢宏龐大，日治初期遭改為京城中學，無數建築被拆毀，如今已經不見昌德、昌慶宮所有的後苑，只有三五樸素建築的小格局，自然難獲遊人的垂青。但，秋風中一人悄然走登後山，站定了腳步俯瞰：遠處的秋色還持續燃燒，近處起伏的宮殿瓦頂都作灰燼的顏色，那也是一幅秋景圖。慶熙宮沒有其餘四大宮的喧囂，異鄉客終於可以在裡邊發一個下午的秋思。

在高麗大學打盹的午後

十月中旬，中級二老師一進班，見玻璃窗不曾打開，都說一句：開窗吧。窗開以後，秋風跟著秋光一起入室，都在告訴坐著的熱帶人：秋高氣爽，這一季應該是讀書的季節。但，外頭已經漸漸昇華為花花世界，貪看色相者有點坐不住了。

某日，待要離開課室，他發現窗外一片樹冠被秋陽曬白了。再定睛一看，卻是夏綠已退，秋黃正一點一滴登場。那一季課後，他還選修一門韓國現代文化課，在山下吃完午餐，得匆匆趕回山上的國際教育院。上課地點鄰近廁所，很方便腸胃不好的人，卻也更常誘引他頻密前往。

有一回步入廁所，竟然給他發現有一口天窗裱了一小幅可以近看的黃葉秋色圖。那時，他總算還有點理智，知道得先左顧右盼，確定了無人才好掏出相機咔嚓一聲。畢竟廁所賞秋，不也有點異常？

才一兩週過去，世界到處開起潑彩畫展。這時，不管誰出入畫展，都應該懂得賞畫的規矩，即：不隨意做煞風景的行為。某日，才從城堡樣的圖書館走出來，他眼睛一亮，待要掏出相機從空中剪下一片秋色圖時，卻見長椅上悠然坐著幾個菸民，一縷縷煙飄升，彷彿要熏黑燦爛的秋色圖。

一場秋雨之後，枝上紅顏紛紛掉落，校內大小葉徑都在鋪陳著晚秋。圖書館前有幾座白雕像，不管裸體與否，都離披著一片片巴掌大的遮羞布，那是秋天隨意加衣。有時紅葉之網太空疏，另有數種顏色滲透而出；有時密密麻麻像鋪好的紅紙，讓無數黑褐的枝幹共寫一個「秋」字。

一些堅定的夏綠還留戀上一季，一些色澤鮮亮的落葉卻不知紅黃孰為奪目，只是黃中透紅。這些猶疑分子要是不偏不倚落在黑褐的枝幹上，就像快熄滅的火焰，已經是最後的璀璨。有一些掉落石上，是一隻隻小手掌，要推一推難以點化的頑石？萬千葉子，只要找出心屬的一枚，都是可以細讀的書籤。

後山的一條路，春日曾由初級班鄭老師帶領賞櫻，入秋再走，始知也是迎楓地。雨後，三幾銀杏葉聚於柱頭上，正承雨露當作紙鎮。一陣風吹，他轉身一看，才讚嘆過的一葉紅楓已經消失，應是下了懸崖去。走經仙琴橋，這一季彈的都是落葉的秋聲。

之後，秋意一天濃於一天，到了十一月上旬，終於在最絢麗的時刻，他碰上期中考。那時，他想：天國縱有階梯，也得一層層費力爬上去，而且不能踩空，才能有所成。誰知，考聽力測試當天，他竟然「踩空」，沒聽好指示，以為就像以往考試，所有對話會播放兩次。不想，中級二對話只播一次，他錯過了前面幾題，只能胡亂蒙答案。考完以後，他實在不願意回家獨對四牆的圍堵，就拖著疲累的身軀踏上一條銀杏鋪就的路，走了三十分鐘去高麗大學。

跟慶熙大一樣，高麗大也有個西式外殼。裡邊有幾隻備受矚目的明星貓，似乎為全校所豢養，有人於角落處給牠們備下貓糧。有個坐長椅女生彎身抱起其中一隻，是老相識的樣子。

那貓任人搔弄脖子，眼睛瞇一下，睜一下。這些「高大貓」毛髮豐潤，都是一副軟枕的樣子，見者都想抱上一回。路經的學生都對這些貓投以溫柔關切的目光，一所大學容得下貓，在高雅的氣質上又添加幾分可親。

那一日，他坐落長椅歇息。不想，一葉紅楓掉落身邊的空位，是一枚簡單的心。有了願意相陪者，陷入極度沮喪的中年人就跟離群的葉子共坐一陣才離去。經過一處，他發現有一件作拯救姿態的雕塑品：一隻手泥陷了，一隻手從空中伸出，要把它拉拔出來。剎那，他不能不感嘆：這個世界似乎知道他有話說不出，便用眼前這座雕塑品幫忙訴說。

成績得失是一層，中年再入學進修，只要稍遇挫折，就會容易陷入自我懷疑。那一日逛了一圈之後，他步入一棟大樓接受一張沙發的邀請，身上掛著相機，雙腳伸個筆直，於人來人往的走廊打起盹來。他全部的家當就押在沙發上：一個書包，一架相機，一副中年身，沒有其他了。

高麗大學。

朦朧之中，走來一對聊著天的男生坐落，他的疲勞未除，還在睡海中浮浮沉沉，心卻生出一念：且聽他們說些什麼吧。待他從睡海游上岸，雙眼一睜，那一對男子有點吃驚，彷彿他是不該乍然復活的雕像。走出高麗大時，背光市容有點暗了，屋頂秋光正慢慢撤去。

這時，他跟街上一位大媽的眼神對上了。她派傳單過來，又是一張廢紙。雖然不信教，他卻覺得剛蒙主恩，在人世中途有了一次真正的小憩，在二〇一二年深秋的高麗大學。

大叔韓語課

漢字詞改變事物的形象

「엽서」一詞，漢字作「葉書」，那是現代漢語的「明信片」。將一張卡片寄給親友，終究不比憑葉傳情。但，「葉書」的詞源就像韓語的許多漢字詞，都經不起細究，韓國人才拿到的著作權，得馬上轉讓給日本人了。

那年秋高氣爽時，他還碰見「연」。原來，當代漢語使用者放「風箏」時，韓國人是放「鳶」（연）。就字形而言，孰者為美？顯然，「鳶」中有「鳥」躍躍然呼之欲出，透露了風箏的靈感源頭。然而，中文的「氣球」何其實事求是，何其輕盈，在日韓世界卻成為笨重的龐然大物：「風船」（풍선）。

天空花園與鐘錶店

酷夏早已過去，嚴冬即將到來，到了十月中旬，清秋已經是不能不數算的銅板，剩下的日子不多了。他覺得當季的一草一木都是有期限的特展，是時候該抽點時間去細賞秋日紫芒，否則要等下一年的輪迴。

課後，他從回基站出發，下世界盃競技場站，不免先上一回廁所。有別於一般廁所寫著漢字「男子化粧室」／「女子化粧室」，世界盃競技場站的廁所似乎要給國際友人使用，性別標誌作費多拉帽（fedora）男頭像與飛碟帽（flying saucer hat）女頭像，上面題著「신사용」（紳士用）和「숙녀용」（淑女用）。那麼，他是不是應該先換一套燕尾服才可以出入？

一出地鐵站，才見天空，卻馬上斷了頭緒，周遭不見天空花園（하늘공

원）的標誌，首爾市太沒交代了。站著陷入迷茫，他發現對街有嘰嘰喳喳四位韓國大姊，走了過去跟其中一位對上眼，對方便問：你知道天空花園怎麼去？迷路人問另一個迷路人，他帶著笑說，我也想知道怎麼去。

見前方冒現一隊老大叔，大姊馬上推了一下身邊的友人，說：趕緊去問。他只好一起站等答案，卻聽有老大叔洪亮的聲音傳來：我們也要去天空花園。路邊散兵一旦接受招募，就組成更龐大的一隊，沿著路邊浩浩蕩蕩走下去。跟韓國大姊並肩走著時，她說，你一個人來真勇敢。難道，逛天空花園是個充滿挑戰的項目？

到了人行道恰逢交通燈更綠，大姊見前方的老大叔早已過了馬路，便一聲號令「빨리」（快點）。一聽之下，附在一隊女兵後頭的熱帶人竟然跟著緊張，在秋日街頭連走帶跑起來。一時，身上都是秋風的擁抱。

天空花園沒有馬上露臉，因為它平躺在山頂上等人去瞻仰。朝聖客眼前只有一面彷彿峭壁的山影，掛著一重又一重的Z字形木梯，一共兩百八十五級。都說是「天空」，不經一番攀爬，怎能到達呢？這時，他才發現自己之前太天真了，以為出站以後，一路都是平地。

山頂柏油路兩旁有一些綠影，夾雜著些許成熟的紫芒草，剪斷就是一把把白中透紫的拂塵。紫芒草較為密集的地段，一大片隨風紛紛折腰，日下毛絨絨的波浪都是迷離的秋色。中間有個碟狀瞭望台，彷彿從中升起的小舞台。他要遙遙欣賞，用襯托方式拍攝，就不準備登上成為碟中人。

那一日在山頂上，秋風告知熱帶人：涼與冷快分不清，不能不加衣了。回家之前，他坐地鐵下屬於大站的清涼里以解決飽暖兩件事，那時暮色已經聚首在外。火車站對過的街角有一家店賣著極為罕見的泡菜王饅頭（김치왕만두），從春季到秋季才七、八個月，一粒包子已經從一千漲至一千五百韓圓，入口的味道卻依舊可以滿足回憶的需索。

夜風吹來都是刀子，令人想要注射男性荷爾蒙，以便化身為不必加衣的毛茸茸公熊。然而，已經太遲了，長毛都需要時間，不是嗎？他只好步入服裝店買當季推出的外套，拿在手裡輕如羽毛。付款時，女收銀員體貼地用英語交代：手洗，別用洗衣機，別碰著菸蒂。顯然，她知道眼前站著一個外國人，極有可能讀不懂韓語洗衣標籤。

飽暖暫告一個段落，另有一件事：時間。入秋以後，彷彿捨不得光陰飛逝，他手上的腕錶已經進入慢走的境界。大型商場內不乏鐘錶部，女職員指著一排大小各型的電池，他表示不知腕錶電池的大小。再談下去，方知此地根本不幫

忙換電池，只好追問下去，才獲知需要找「時計房」（시계방，鐘錶店）。

這時，他剛買獲的飽暖都可以化為力量。套上羽絨服站風地裡，一時分不清究竟是買了一件保暖的衣物，還是買獲一份心理的安全感，夜之冷已經是身外之物。他決定走一個地鐵站之遙，讓運氣帶路，在一個秋夜沿街尋找鐘錶店。

才走沒多遠，他就發現一家兼售珠寶的小店有無數壁鐘競相走動，門開著任由夜風出入。他踏入裡邊，喊了幾聲「계세요？（有人在嗎？）」，才見一位老先生從小隔間走出來。說明來意以後，老先生沒有馬上換電池，先指了一個位子要客人就坐，才逕自走去將大玻璃門帶上。秋夜已經被關在外頭了。

老先生一邊動手換電池，一邊非常慷慨地說一句：您的韓語說得真好。然後，是一連串問題：是否從美國來（還是黑膚色的大叔聽錯，該是泰國才對？），學習韓語多久（為了顯示厲害，得把時間縮短一下），在哪裡學之類，那是一場簡單的韓語模擬口試。

付了五千韓圓，腕錶的生命再續，他臨走道謝，說了一句再見。老先生以不可思議的眼神瞥了來人一下，彷彿不能接受已經有個外國人闖入他的世界。出了門外，沿街黑暗包圍過來，他也有恍惚之感。秋夜的鐘錶店時光，究竟誰夢見了誰？

握筆的手也握菸

立冬已經來了，首爾還沉浸在一片紅葉裡邊，讓人以為秋天尚未離去。然而，冬天的真相是藏不住的，幾輛大巴載著一堆慶熙大生停在江原道雪嶽休息站時，韓國北部的地面已經有了殘雪。他彷彿聽見一把聲音在說：首爾之雪未至，你就先看一看江原道殘雪吧。日本同學熟悉冰雪，踩上那一堆殘雪，從一頭滑到另一頭，做溜冰的姿態。

十一月下旬，一群人被送到雪嶽山國立公園，入目有一份似曾相識，是二月杪見過的蕭條冬貌。只有蒼松是不變的一綠，其餘草木紛紛枯黃凋零，枝幹生硬得像鐵線。有些枝上仍掛著一些秋日殘紅，地面卻露出大小亂石，沒有落葉的掩覆，那是冷清裡邊有一份剛走遠的熱鬧。慶熙大將一群活力十足的年輕人（包括不小心帶了一個大叔）放逐半天在這裡，是什麼意思呢？

本是塵世中人，見廟不能馬上入內，得先步經一道洗心橋，再來一道極樂橋，才能穿過一柱門進入一千多年的新羅古剎：新興寺（신흥사）。寺內有一尊世上最大的青銅佛，是費心六年鑄造的新景觀，以祈求南北有和平統一的一日。這一季，巨佛獨對蕭瑟，沒有春秋二季熱鬧的香火，那也是一種修行的姿態吧。

新興寺的大雄寶殿也不能馬上得見。穿過一道四大天王門之後，另有一座高腳普濟樓橫擋著去路，人們必須穿經其腹底，氣焰被壓一壓，才可以邁向前方的大雄寶殿。他只是在外轉個圈，腳不上台階，也不入殿，又得趕緊回頭，以接上一路前進的隊伍。

爬上雪嶽山時，中國同學站定腳一望，說，這樣的山，中國也有。經他這樣一說，這一趟彷彿不值得一走，但韓國人站在中國山河前，也可以說．中國的石岩山，我們大韓民國也有很多。這樣總該扯平了吧？平日要是渾然不覺，到了他鄉才覺察熟悉的風景，眼前的風景不就屬於當頭一棒嗎？

孫悟空從石頭蹦出，是每個人童年便知曉的故事。那一日爬雪嶽山時，碰見有一株小松，竟然從巨石中冒出挺立，他心裡不禁一振，只聽耳邊風聲說：向這一株小松看齊吧。

入夜住進東海公寓，始知中國男同學偷偷帶酒出遊。顯然，獨酌太掃興，

只能一起暢飲，那就招呼班上女同學都來男生房中相聚。中日暫忘宿仇，加上不相干的孟加拉和馬來西亞，都一起盤坐地上以「三六九」（삼육구）當酒令。中國同學也許應該後悔，因為輸者即贏家，許多時候酒水都貢獻給笨拙的大叔。

白晝登山時，大驚小怪的中年人發現班上有些日本女同學平時握筆的玉手竟然也握香菸。入夜再聚，又有一層新發現，原來她們還是酒中巾幗英雄，米酒啤酒燒酒一律不拒。說是「現地學習」，到頭來「玩」才是首要之務。他本來就是這些小弟小妹口中的「大叔」，經過登山把酒，笨拙之態百出，大家更親近了。他想起蘇東坡那一句：誰道人生無再少？

那一次江原道之旅，獨缺身懷導演夢的泰國小妹，她不會知道遠在中級一時，大叔曾暗祈一願：給我一個泰國同學。不想，老天聽聞而應許了。平日，這位小妹總是跟著中國同學喊他「大叔」，發音之準，不看她的臉孔，還以為她是炎黃子孫的後裔——這，卻對了一半。

後來，泰國小妹的父母來韓時，他在青雲館學生食堂偶遇，才發現她有位膚色黝黑的泰族母親，全場沉默地看著自己的華裔丈夫侃侃而談。小妹的父親說不介意由著女兒摸索學習（從日本到韓國），轉換不同國度生活。那時，這位泰國父親極度擔心緬甸的崛起，等到幾年後翁山蘇姬再度被拘禁時，大叔就會想起這位憂心國運的泰國男子。

另一位來自橫濱的五十嵐美紀小姐，幾乎不可能出席現地學習。中級二這一季，幾次跟她比鄰而坐，午後一起上現代文化課，還曾在角色扮演的口試環節拍檔上陣。這位戴著黑框眼鏡的知性女子總是投訴宿舍有太多聲響，令她夜不安寢。待獲知她長年埋首靜寂的實驗室研究細菌時，大叔才豁然明白「吵鬧」是個相對的詞彙。

在東海公寓醒來的翌日，慶熙大先給人人滿意的日出，漁人出海，燈塔，都是隨意拍攝皆美的景觀，根本不需要一點技術。到了午餐，那已經是回首爾前的最後一頓飯，一鍋豆腐湯上桌，有人沉默不語，有人埋怨伙食變差，大家彷彿被虧待了。他卻極為欣賞那一道菜，覺得太體貼了。

昨夜太多酒水下肚，難得豆腐、蔥、金針菇下於一鍋，可以一洗沾滿酒精的腸胃。只是，桌上有一道味道強烈的泡菜，難免顯得主菜益發清淡，許多人都不肯動筷子。他瞥見裝有白飯的福字碗，碗蓋上有個宜時時記之念之的字眼，一時心裡只充滿珍惜，不論那是一頓飯，一段旅程，還是一份相識。

入鄉

供奉一個書魂

愛是需要掙扎，才能知道自己有多愛。二〇一二年秋天，他眼下有一本詩人金素延（김소연，一九六七—）的精裝隨筆集《ㅅ的世界》（시옷의 세계），封面令人想收藏，定價一萬兩千韓圓。然而，他的腦中卻有一條應該買的圍巾一直糾纏著。

手上預算有限者只能二選一。他站清涼里永豐（영풍）地下書店許久，最終，那似乎可以預期的最終，放棄了一條圍巾。他相信文字可以超越四季，拿了一書在手，匆匆付款後，就疾步走出充滿物誘的大樓。在廣場一碰上寒冷的秋風，他馬上確定自己已經做了此生都會記得的切膚之選。

清涼里，一直都是不能隨意逗留的一站，那裡有人稀的永豐地下書店，對

面還有一家售賣泡菜饅頭的包子店，分別代表著精神與肉體兩種糧食的誘惑。剛來韓的四月春，他不只吃過泡菜饅頭，還不自量力買過一冊韓譯本的《深夜食堂》（심야식당），一擱就三季，到了十二月冬天才重新拿起，抱著 ipad 查生詞，學了一點對話。只是，為什麼遠在四月份就買？

一個有書癮者總有他的理由，會這麼告訴自己（還有世人）：有些書不為當下，是買給「未來的自己」。然而，「未來的自己」總有無限可能，是比眼前的自己還貪婪，並覺得「萬里書城」不會迅速高築，他只買幾塊小磚回家罷了。

常常，一入都是人潮的光化門教保文庫，眼見有太多書可以買時，他就會走向另一個極端：世上的書都買不完，就一本都不必買，兩手空空灑脫走出來。當他重新登上地面吸入韓國的空氣時，人彷彿已經對購書有了免疫力。只是，這樣的免疫力太不可靠，需要再做一些臨場實驗，才能確定虛實。

往前走不遠，即有一個機會來了。鐘閣站有一家永豐地下書店，他搭電扶梯下地底，入內望一下周遭，總覺得太冷清（跟教保的盛況相比），首爾遲早會失去這一家書店。也許，教保不愁客人，可以少他一個；永豐卻一個不能少，需要他的鼎力支持。很快，他會挑獲想買的書，並堂皇地告訴自己：他應該支持一下韓國的出版業和書店。

每到新學期，他還會選一個午後，搭地鐵到新村去。那是師出有名之旅，學韓語者不是該買點參考書嗎？那家小書店落在三樓，專賣外國人學習韓語的書籍，名為한글파크（Hangeul Park）。他兜梯而上，在二樓必經一陣黑暗，那是一家裝潢以黑色為主調的辣海鮮麵專賣店。到了書店前，卻是一片燈火通明，充滿著美好的象徵意義。

店主是個六十許的老先生，是二〇一一年第二次短暫旅韓結下的緣分，總會端上一杯茶給小輩，關心他的起居，聊上幾句。聽聞他掉護照，老先生建議去市廳站，那裡有最大的失物中心；聽聞韓語初學者發「한자」（漢字）一詞不準，就一再糾正為「한:짜」；問到會煮韓國菜嗎，中年人非常唐突地笑著說，什麼都丟入一鍋來煮就是了。如今再想，他的玩笑似乎有辱韓之嫌，太失禮了。

老先生賣的書，在教保跟永豐都不難找獲，但中年人在韓國總是信奉一個教條：盡量光顧中小企業。於是，一年多下來，有幾季他都欣然去新村拜會老先生，那一杯遞來手上的溫暖，是韓國的人情味。其餘時候，同鄉說網購較為便宜，他會開一些書單，叫他幫忙訂購寄來慶熙大國際教育院。但，同鄉幫人辦事總是做虧本生意，會附贈該讀的書，他怎麼好意思麻煩太多次？

要真正告別韓國前，他總算可以稍微放肆一下，便由著同鄉陪同去逛實體

書店。架上只有一本《韓國漢字詞研究》（한국 한자어 연구），卻是兩人所好，同鄉讓了給他，說之後可以網購。但，這一本書隨著他回國讀完一遍以後，還是讓他覺得不安——他已經奪人所好。當時，在攻博的同鄉比他更需要這一本書。

訂購回國機票時，他獲得夏日的成全，只需留下單薄的幾件度日，其餘春秋冬三季的衣物都可以悉數裝箱郵寄。另有一堆不放心的「東西」，卻必須裝入行李箱手提或寄艙。儘管給行李重量買了托運的上限，到了機場櫃檯一秤，還是超重許多。能丟者早丟了，只剩最重卻不能丟的書，還有大量丟不起的筆記與練習，只能貼身帶回國，他不能信任郵局的空運或海運。經過航空櫃檯的估價，都是一堆昂貴的文字了。

所幸登機以後，他發現有一項福利：他跟一個能說英語的韓國人之間，隔著一個空位，維持著相當的距離，不必共享椅座扶手。也許，就在他付出一筆行李超重費時，他已經花錢買下一個空位來供奉那無形的書魂，好一路陪伴著他回到故鄉為止。

大叔韓語課

與「書」相關的詞彙

學習韓語時，他是占了一點方言的便宜，有了記取漢字詞的方便。「책」（漢字作「冊」，是「書」），讀音跟福建話相近。這時，說福建話的童年拋出記憶之繩，幫助他將字的形聲義牢牢拴綁一塊，不讓它們各走各路。

中文說「一本」書時，彷彿世間所有書籍都是「精裝本」（hard cover），韓語則作「一卷（권）」，將所有書當作柔軟可捲的線裝書。一「卷」在手，總比一「本」在手輕鬆得多，古老的量詞減輕了沉重的知識。韓文的「卷」是古為今用，不自覺地給現代事物冠上雅稱。

至於「書房」（서방）一詞，進入韓語的世界，是用來借代「老公」或「女婿」，點出昔日男人主要的活動空間。要表達中文的「書房」，韓語可用「서재」（書齋）或「독서방」（讀書房），而「書櫥」在韓語的世界則作「冊欌」（책장），一個中國傳去的漢字配搭韓人自創的漢字。

堂堂一國的門面

二〇一一年十月仲秋，有個三十五歲男子噔噔上完國立中央博物館的台階，找獲了櫃檯小姐，開口即用英語問，請問國寶二百八十七號和七十八號在哪裡？那時，他不會知道這樣一問，已經有辱韓性質，韓國的國寶豈止這兩件？在韓國人心目中，博物館裡邊的四十二萬件收藏都是某種程度的「國寶」（국보），不入編號系統者，不等於喪失尊貴的資格，他應該都追看，不是嗎？

二〇一〇年初次赴韓，他已經逛過國立中央博物館，卻有眼不識它在世界排名第六大。他花了幾個小時都不能盡觀，裡邊有無數「古中國」（相對的說法）色彩的文物，令人想起這個國家曾以「小中華」自居。如此驚豔開眼之旅，就像數度在泰國境內偶遇高棉帝國的廢墟，他總要感嘆：人人何必都蜂擁暹粒。

由於初訪國立中央博物館，他不曾做足功課，匆匆上下幾層樓，只像保安人員巡邏而已。回國以後，一旦獲知韓國有「國寶」藏在裡邊，他才痛恨自己看漏寶。隔年再訪韓，他擠出時間重臨國立中央博物館，要從四十二萬件文物找出其中兩件，只好求助於人。

最後，他終於跟國寶七十八號見面，那是一尊公元六世紀中葉的金銅彌勒菩薩半跏思惟像，有著韓國人的高顴骨，戴著一頂古波斯日月冠。祂一手托腮，一腳擱膝蓋上，是王子身的佛陀在思索生老病死的形象。那一日，來參觀的中學生有識貨者，站一旁跟「沉思者」合影，想必學校教科書曾提過。

國寶兩百八十七號百濟金銅大香爐，爐蓋與爐身合而觀之，是一朵含苞待放的蓮花。爐蓋與爐身的一圈花瓣都作山形，刻著無數草木禽獸，頂端有鳳凰獨棲。香爐底座上有一隻飛龍曲身取代蓮花該有的枝莖，以頂著花苞狀爐身。要是點著香爐，所有雕刻就會活現，龍將駕雲，山會起霧。有年輕人見大叔站著，啟口要他幫忙拍照。對方跟國寶一起合影後如獲至寶，一臉喜色走掉。

國寶究竟是什麼？韓國人對自身國家重要的「文化財」（문화재，文化遺產）愛之珍之，都悉數編號，到二〇二三年為止，一共有三百三十七號。凡屬國寶者，都會在景點區或展覽廳加以注明，直到二〇二一年十一月十九日才停止這

種作業方式。他從報章得知後，終於鬆下一口氣，世人不會再誤解韓國有價值的文物止於這樣的數量。畢竟，有數字，即有局限；只有「無數」，才有無限的可能。

韓國的國寶遍布境內各地，有些早已進入室內館藏，有些只能露天「展覽」。俗稱「南大門」的崇禮門（숭례문），乍看只是一道城門，卻是國寶一號；佛國寺有造型奇特的多寶塔（다보탑），未經查詢，他還不知道自已曾參觀過國寶二十號。但，這些國寶的編號極容易誤導觀者，讓人以為居先者最重要。不，都只是同等地位的數字而已。

二〇一二年在韓短期居留以後，他終於有了從容，不必再追寶，只等隨時的偶遇。常常，他會瀏覽國立中央博物館的網頁，每三個月都會更新一次外來特展在不同展覽廳，那是他的一季一會。當時，他太缺乏一份自覺，不知道那是天賜的第二次良機，讓他可以重溫初中頻頻逛檳島博物館看畫展的年少歲月。如今，他卻不能不感謝首爾市有完善的交通系統，只要下二村站走一小段路，即可到達國立中央博物館度過一個愉快求知的下午。飽吸博物館的文物空氣以後，還可以走到旁邊的龍山公園找一張長椅歇腳，坐看當季的自然風光，直到向晚時分才回山頂小房繼續研修韓語。

翌年四月中旬櫻開時節，他恰好要備考，想找一個清淨之地，便上網查詢國立中央博物館的特展。他竟然發現有來自故鄉的文物特展，就去峇峇娘惹文物展認親。滿懷期望看了一下，才發現裡邊的文物都從新加坡運來。如此一來，新馬兩國共有的混血文化，在韓國人眼中會不會變成新加坡所獨有？難道新加坡製作的《小娘惹》在韓國播過，國立中央博物館才辦此展覽？

他在會場走動當兒，一個抬頭，發現一幅清朝官服的男肖像上有題字「檳榔舊嶼」四個字，心底暗呼一聲：是故鄉啊。華麗得近乎俗麗的峇峇娘惹文物展，對以「素樸」（소박）二字概括自身文化特質的韓國人而言，究竟會造成怎樣的視覺衝擊，是「驚豔」嗎？當時他還無從知道，他只清楚在首爾以外的小地方，越籍菲籍新娘之多，早已自成一種鄉野景觀。韓國人世代只居一地，只說同一種語言，多元文化（다문화）還是一個新詞，外來移民還是一種初體驗。新馬兩地卻走前幾百年，絕對有韓國可以借鑒之處。

只是，在強勢的單一文化社會，外籍新娘來韓以後，是止於人身買賣，還是也有機會將自身的文化同時輸入韓國？二〇二〇年疫情爆發前，同鄉回鄉途經吉隆坡時，他終於聽見韓國社會對那次特展的回應。

當時，同鄉面贈一本名為《鴉片與罐頭的宮殿：東南亞的近代與檳城華僑

韓國國立中央博物館。

社會》（아편과 깡통의 궁전：동남아의 근대와 페낭 화교사회，二〇一九），他讀了序文不禁一驚。著者姜熺靜（강희정）是美術史出身，她在二〇一三年看過峇峇娘惹文物展以後，便動念要研究海峽殖民地華人的視覺藝術，後來卻發現峇峇娘惹只是藝術品消費者和享受者（而不是創作者），就轉為研究早期的檳城華僑社會。國立中央博物館會知道其特展已經促生一本著作嗎？

佛國寺釋迦塔（석가탑，國寶二十一號）。

愛國教育的養成

初夏五月的傘下，他跟房產女仲介準備看房子，沿街邊走邊談。對方聽客人說愛歷史，笑了一笑，問：那麼，你認為獨島（독도，日本人稱為「竹島」）是屬於日本還是韓國的？眼看就要捲入日韓糾紛，一個不慎，介紹費還會更高，他只好趕緊打住，一笑了事。

七月，他終於知道那一份愛國意識如何養成。那一日，他經過繁忙的市廳站，卻發現設有一個玻璃櫃展示著獨島模型，有牌子寫著「固有領土」（고유영토），在向腳步匆匆來往的大眾宣告：獨島是我方國土。

他不能不佩服韓式的愛國教育隨時隨地進行，滲透生活各個層面：從餐牌注明的「國產」（국산），食品箱印著的「身土不二」（신토불이），到境內大

小景點與博物館，還有地鐵站諸如獨島的模型，都在發揮力量。於是，山河進入韓國人的視野，是國土；景點進入視野，是歷史，都另有一層外國人容易疏忽看過的意思。

由於先天地緣環境使然，初學韓語者都得學習「中國」（중국）、「日本」（일본）、「俄羅斯」（러시아）三大強國的名字，只有「北韓」是課本幾乎不提的國名，讓人隱隱覺得韓國始終抱著統一的希望。面對強鄰環伺，韓國擁抱歷史，推廣自身的文化，讓全民對民族與國家都有一份自豪感。

首爾市內的所有景點或博物館都免費或低收費；果真收費昂貴，韓國人還是會願意捧場，不是嗎？二〇一一年遊覽江華島時，他已經發現到處都是老師帶隊的戶外歷史教學，有些景點還見父母帶著一身綠兵服的孩子出入。當過編劇的人不免在心裡自行配上這樣的對白：孩子，你們一定要好好保衛國土。

不管哪一季，他總會走經市中心的光化門廣場（那是朝鮮時代的六曹街道），前後有一坐一站兩尊雕像，分別是創造韓國文字的世宗大王（세종대왕，一三九七—一四五〇）和抗日有功的李舜臣（이순신，一五四五—一五九八）。初訪韓國時，他只當那是一道風景拍攝下來，卻不知道兩尊雕像底下（可以代表潛意識？）闢有的「世宗忠武公故事館」（세종·충무공이야기관），是跟課堂

上的歷史教育內應外合。

面對不堪的受殖民歷史，韓國人轉化為愛國教育現場。西大門刑務所歷史館（서대문형무소역사관）是由監獄改造的博物館（馬來西亞政府又是怎麼處理半山芭監獄？），裡邊有著一章抗日史，讓國民知道獨立的得來不易，日本殖民的殘酷。昔日抗日分子都被押送至此，如今為了讓遊覽者能夠深切感受其中的恐怖，囚房播放受拷問者的慘叫聲。所以，孕婦與小孩都不宜參觀此地。

受害者數據只是濃縮的概括，西大門刑務所紀念館知道應該要還原一段又一段有血有肉的生命，便滿房貼滿參與獨立運動者的入獄人頭照。其中，有較大的一幅手繪畫像，是得年十七的柳寬順（유관순，一九〇二－一九二〇）。她是梨花學堂（梨花女子大學的前身）學生，曾參與獨立運動而飽受酷刑，最終營養不良死於西大門監獄。韓國人稱她為烈士，其地位相等於中國的秋瑾。看著那一幅畫像，不能不想到韓國男女的個性，重在一個「烈」字。

二〇一二年春天的一個週日，他踏入西大門刑務所紀念館，正好碰上一群由老師帶隊前來的中學生。本應肅穆之地，已經是一片青春的喧譁。顯然，這些韓國子弟是接受了教育，歷史卻還沒教會他們應有的尊重，如果說他們得學一學對岸宿敵的小孩，會有人生氣嗎？

曾有過幾個午後，他出入首爾歷史博物館（서울역사박물관，檳島幾時才會有這樣的博物館？），裡邊可以一次看遍首爾作為「漢陽」、「京城」、「漢城」的古今風貌。二〇一三年幾次要出入境時，六〇〇二號機場大巴只要跟這一座博物館打個照面，他知道即將離開，或者已經重返都心。

隔著大巴車窗，他總是認出首爾歷史博物館前停放著一輛黃綠二色電車，那是一九三〇年代在光化門運行的電車。電車外有幾個人物模型佇立，上演著這樣一幕：某家孩子似乎遲到，而匆匆上了電車，妹妹和媽媽一手拿著便當盒追車。車內的司機以為發生交通事故，頭便往外一探，就定格成為一幅可愛的街景。

這一座博物館的三樓陳列室充分展示一座城市如何自韓戰的廢墟中站起來，經過奧林匹克、世界盃等盛事，而漸漸蛻變成為國際大都會的整個過程。雖然是實事求是的展覽，裡邊卻隱隱有一份「自負心」（자부심，自豪感）表露無遺。

二〇一二年春天，首爾歷史博物館辦過明洞特展，透過圖文敘述一個社區的歷史，詳列當地名人與作品。那時，在世界另一端的馬來西亞吉隆坡卻鬧著要拆老社區建地鐵，他能夠不感慨嗎？

由於古今每一樣東西都可以為傲，有些韓國人不免想讓世界聽見他們的聲音。那已經是許多年前的事，有一回跟妻到越南會安旅行，就在一家越戰殘兵經營的小餐館留言簿上，他們發現一頁字體洗練的韓文，寫到最後竟然附上一行繁體漢字書寫的「大韓民國萬歲！」（字體龍飛鳳舞），然後一行「Seoul Korea」。

那是一顆嘗試國際外交的愛國心，對著一部分的漢字使用者宣揚國威，對著一部分英語使用者透露自己的身世。至於其餘重要的內文，執筆者只用韓文對同胞訴說，世界就聽不見他的聲音了。

首爾歷史博物館前展示的電車。

韓國人支持本土產品，信奉「身土不二」。

一城默許的流淚方式

初級班主任說「字體寫得美的男生，都是同性戀」時，他心中只有一念：果然，首爾還是一座有古老城牆圍繞的城市，現代的性別課題始終被擋在外面，遲遲進不去普羅大眾的視野。要是字體寫得美的男生都是同性戀，那麼同性戀一定都字體寫得美？可見，邏輯也還沒有成為一門國民必修課。

夏日中級一，又聽另一位班主任（恰好又是個女的）說，韓國男人一生之中似乎只哭三次：入役當兵，父母喪亡。然而，那是不會獲頒勛章的堅強，有什麼值得引以為傲？如果韓國男人注定只能演硬漢的角色，都未免太辛苦了吧？接受社會既定的「男／女」性別角色之前，是不是應該先規規矩矩做個「人」？

韓國男人不一定有淚不輕彈，活在充滿苦水可以傾訴的首爾，他們早已找獲可以公然流淚的方式：喝酒。在說話迂迴的國度，酒可以代淚，所有生命的不堪，都可以是一陣陣的嘔吐。

二〇一〇年深秋，走在合井站夜空下，腦裡還記得妻說要小心醉漢，偏偏就在人稀的路段，一對清醒的熱帶人碰上有個腳步搖晃的大叔。隔著一條馬路，雙方的眼神一旦對上，充滿威脅的叫囂聲一陣陣傳過來。二〇一一年初秋夜歸時，喝了一點燒酒的熱帶人，在繁忙都心街頭竟然發現一對酒醉的中年男女當街抱頭痛哭。

如今回想，性別平等只有在酒醉那一刻才會到來。那時，哪個性別會掉比較多眼淚已經不重要，酒醉首爾街頭者終於可以牽著同性的手，不必再擔心同性戀之嫌。那些走不穩的步伐，原本都有各自的悲哀，經過酒水一攪，就有了更多人類共同的悲哀。

二〇一一年那次旅行，在東大門還瞥見一個大叔脫掉禮教的束縛，一手按著一棵街樹，當街用尿灌溉。顯然，首爾是個不許太清醒的城市，只有酒入愁腸，大家才可以重新放肆做「人」，平時都只忙著扮演各種充滿順從意味的角色。

二〇一二年春季入讀語學堂以後，每逢聚會，必然有酒侍候各路英雄。點海鮮煎餅，酒精低的冬冬酒或瑪格利米酒會登場；吃烤肉時，酒精含量較高的燒酒會上桌。由於故鄉對菸酒課高稅，來韓以後又趕上一年三季都是冷天，他不難在聚會時找獲可以舉杯的理由。常常，喝下的是酒水，浮上心頭的都是年少初嘗的時光。

首爾是一座默許借酒澆愁的城市（不然，怎麼會有代駕服務？），他在異鄉碰上不少麻煩，存心要微醺的話，只需有點酒水下肚，就會陷入多話的憂鬱。那時，他總是覺得自己在幾位日本同學面前終於可以拋開語法的束縛，韓語說得比課堂上流利，那是多麼美好的錯覺。微醺讓身心放鬆，苦於早起者總是可以一覺睡至天明。然而，他從來都不願意喝至嘔吐，醉倒在外。

有一回跟朋友餞別，先是在煎餅巷吃酒一回，然後移師到一家名為「喝酒的貓」（술 마시는 고양이）小酒館，那已經進入第二攤。喝酒不覺光陰過去，待他突然醒覺應該要跟妻例行通話時，掏出書包內的 ipad 一看，有妻接連發來的短訊，見他夜深遲遲沒有回覆，已經陷入焦急。小酒館網線太差，他只想趕緊走回山頂小房回覆。

不想，身邊幾位年輕人已經醉倒，背抵牆癱睡著。這一下子，要怎麼結帳呢？他不願欠錢，想了一遍又一遍，終於起身掏出一張萬圓紙鈔，塞給一位較為清醒的人，交代了幾句才轉身離去。那一夜凌晨三點回家的路上，他還擔心什麼酒鬼？不，他已經是昔日的眼中人，只是腳步不曾踉蹌而已。

由於入韓常有喝酒的機會，就不能不從韓劇（課本太正經，不會教）學一點喝酒的禮儀，以防萬一。他知道：如果有長輩在前，頭要偏向一邊，不能直視對方，也不能自己斟酒，得等人賞酒。終於，一門課外選修課的老師在學期末帶大家去用餐，他自學的那一點「演技」可以用上了。

第一攤還是白晝，已經點酒，入夜再續第二攤，又點了一輪酒，還有一碗水膾（물회）上桌。那時，老師竟然要兩位日本女同學坐他左右。從來，酒一下肚，就會壯大膽子，他已經隱隱覺得會有不太像樣的戲碼即將上演，卻仍然保有一絲希望，心想：千萬別給我猜中。

然而，許多時候，韓國人是個毫無例外的民族，從來不會讓外國人失望。他才想著「借酒行凶」四個字，那一位老師便忘記自己是在一群外國人面前演著「韓國人」的角色，稍有差錯，全民形象受累。他一邊咯咯笑談著，一邊已經「忘我」地左擁右抱兩位日本姑娘的肩膀。看著女同學僵硬的表情，男同學都陷入無助，不知該怎麼搭救眼前的受害者。

那一刻，他不難幫這位老師準備好下台階。藉著合法的酒醉，一位韓國老師終於報復了日本的殖民，欺負了來韓讀點書的日本姑娘，好給自己的民族出一口氣。只是，這樣的解釋真的適用又光彩嗎？

聆聽壁畫的心事

第一次目遇「낙서」一詞，還以為是「鄭重落款」。查了字典才發現中文野趣十足的「塗鴉」，一旦進入韓語就雅馴得多，漢字竟然作「落書」。也許塗鴉是無傷大雅之舉，從仁寺洞的傳統茶屋到回基洞的煎餅店都筆痕斑斑，那鋪有一層牆紙的壁上早已任由來客肆意「落書」一番。

人們常說「落書」可以透露一座城市的人心，但韓國規規矩矩的「壁畫」（벽화），不管說的是實話還是夢話，都有值得聆聽的聲音。他朝夕出入的慶熙大巷弄藏著一幅幅苦悶青年告白圖。其中一幅只有兩格連環圖：第一格先畫一隻鳥兒從籠中飛出，乍看是自由了；怎知，目光移至第二格，才發現牠還在另一座更大的鳥籠裡邊，飛不出來。這一幅籠中籠，足以表現一個被高物價高學歷高齡

化大財閥（如三星、現代）重重包圍的現實？

深入老社區巷弄，另有一件曲折的心事藏在裡邊，那是一幅貌似尋常的三角戀圖。一個女生伸出一手，兜經男友的背部，正牽著另一個男生的手。真正的愛之勝利者卻不忘禮教的束縛，用英文默念心腹話：「對不起，朋友。我真的愛她，我不能拋棄她。對不起。」認定了非卿不可，還是不能不祈求朋友的原諒。在儒家主導的世界，從來只有「士為知己者死」，為愛完全拋棄一切（包括朋友），是近世西化才有的事情，我們還不曾完全學會。

再往前走，又有一幅較為膽小的壁畫：一位握花男佇立著，他已經發現了可怕的真相。循著畫中人的目光望去，只見一扇小窗內有一對男女擁吻，窗外人已經淪為第三者。陽光折射下來，年輕的臉孔透露著一份沮喪，他尚未爭取，似乎已經準備放棄。那不發一語的窗外佇立，都是沉默的告白，只說與不相干的路人「聽」。

首爾還有一類壁畫，是裝飾大於意義，只有夢，沒有心事。剛赴韓的春季三月，他搭四號線下惠化站，朝梨花洞方向走十分鐘，才拐入有已故韓國前任總統李承晚（이승만，一八九五—一九六五）故居的巷弄尋畫去。他登至半山腰有露天雕塑品集中陳列的地方，他發現左右兩旁的老房子都有幼稚園風格的彩繪壁

畫，說的都是可愛討喜的夢話。有的屋角畫了一隻身體穿牆而過的長頸鹿，有的白牆角落以假弄真，畫有綠草叢，翩翩然飛著一兩隻蝴蝶。乍看似真，都只是一場畫者的蝴蝶夢。

螞蟻村（개미마을，象徵「努力」的取名）的壁畫也是造夢手段，以便給荒涼地居民帶來希望，後來卻被遊人當作想造訪的桃源境。春天的一日，他搭三號線下弘濟站，由二號出口登上地面，在KFC前坐七號小巴離開都心，朝著螞蟻村出發。當他還忙著驚嘆韓國司機高超的駕駛技術時，窗外已經滑過一家家單層老房子，間或有彩繪的牆面出現。據說，此地是韓戰結束後難民湧現才形成的貧民區。

初春中午初訪，滿山冬日枯枝，沒有一點夏綠，中間還隔著一個需要慢慢開花的春天。此時，一群穿著豔麗登山服的大叔大媽乍然冒現，馬上為荒涼地先增添喧鬧的繽紛。這些登山者才從山上步行下來，就忙著占領心屬的壁畫，不自覺地用一身登山服跟壁畫爭豔，輪流給彼此照相留影。

螞蟻洞的壁畫是誇張的夢想。在此奇異荒涼的地段，外牆卻見色彩的綻放，一朵又一朵，較真花更大更豔麗，飽滿地開在門前，彷彿越是不可能，越是應該要如此。有些牆面也繪有希望之窗虛開著，一隻隻小狗把頭探出來，似乎養

了所謂的「愛玩動物」（애완동물，中文的「寵物」），便屬一種富足。畫者過分意識到此地的荒涼，總是盡可能給多一點色彩，多一點夢幻的成分，卻忘記色彩可以回頭突顯那一份不易拯救的荒涼。

拿掉壁畫的裝飾，螞蟻村是韓國影視作品裡邊貧寒人物會登場的殘舊貧民窟，那裡的房子很不客氣地展露韓國破敗的另一面，可以擊碎一切韓流華麗的想像。這些老房子都未有太多設計，屋與窗與門一律作方形，戶外堆著一些供醃製泡菜或大醬的褐甕，是韓國有人煙之處最原始的局部風景。

二〇一三年六月初夏，他已經準備離韓，卻決定要走遠一點，就在一個午後離開首爾去東仁川（동인천）找另一組壁畫。搭一號線下東仁川站，由四號出口登出右拐，朝中央市場走至盡頭，再踏入一條極為冷清的地下街，只見都販賣著韓國傳統手工藝品。之後，過一條大馬路，他終於來到著名的船橋二手書店街（배다리 헌책방 골목）。

首爾已經邁入二十一世紀，船橋二手書店街的空氣還停滯於上個世紀的七、八十年代。也許，夏日陽光需要負上一些責任，因為照現太多的老舊。行至兩條街的分岔口右拐，一群少年當街撒野，又高聲語又吐痰，叫人分不清是夏日，還是青春使然，才會如此浮躁。

街頭壁畫：窗外的失意人。

沿著一條小路走，空中是高架鐵路（東仁川站再前一站，便是「桃源站」），突然他猛然一個踩空似的，左邊出現一片油菜花，刷亮了雙眸。油菜花旁的老房子外牆還有壁畫，給黃綠地鑲上一道花邊。

船橋二手書店街一帶的壁畫不像別處另開一個新世界，它們不準備自我突顯，只求融入整片風景之中。這裡沒有夢幻的餘地，只有現實的再度鋪陳。一座建築底層的牆面畫有一個銀髮老奶奶，其形體之大小跟真人無異，她當街坐看人來人往。另有一個小女孩的畫影背街而立，彷彿乍然現身路口。

有三五男女學生踏上歸途，正走經一道壁畫時，他突然發現一種奇妙的結合，虛與實已經一體了。畫在一戶人家外牆的夏景壁畫，有著一道長長的黑色城影，裡邊有一輛單車是兩個少年共騎，其中一個還面向觀畫者揮手打招呼。乍看，走過這一道壁畫的學生，只是給壁畫的兩位少年增加同行者。

看了幾個社區的壁畫，他不免好奇：這些壁畫究竟出自誰手？終於有一日，他在街上接獲一紙傳單，才清楚韓國大學生的義工活動項目包括參與壁畫。韓國是全世界大學教育最為普及的國家之一，就業競爭也比許多國家激烈，一紙大學文憑人人皆有，平時還得做點義工，以換取更多的「資格證」，才對謀職有利。所以，究竟有哪一些壁畫才是大學生真正的心事與夢想？

冰棒與可可脆片的教訓

那是一則輾轉入耳的故事，因為背景是在韓國，他完全相信真的發生過。初級班同學裡邊，有個瘦高得像一隻鴕鳥的巴西聖保羅人，剛入韓未深，才住上一兩個月，也不曾在任何儒家圈國家生活過，是個心思非常簡單的少年。不想，就在一輛計程車上，韓國給了這位少年當頭一喝。

起初，問為什麼來韓，這位通曉英語西班牙語葡萄牙語的巴西少年說，在巴西流行這樣的說法：要上大學，得先殺死一個日本人。這位少年只知道巴西住著許多日本人（其實，一百二十萬人），年年大學錄取名單都是日裔占大多數。他不曾去細究那些東方臉孔都是十九世紀末移居他鄉尋找美好生活的農民後裔，至今仍保有一份不變的勤奮基因。

不殺日本人，這位巴西少年只好拿韓國政府頒發的獎學金遠渡重洋。某日，他偕同友人從慶熙大搭計程車到鄰近的大學準備觀看籃球賽。那時，他已經先犯了忌諱，竟然不怕弄髒計程車的坐席，手握一支冰棒獨樂樂，無視他人的存在。

韓國到處都有CCTV啟動著，那是不難發現的裝置。另有一種社會監督卻隱藏在人群裡邊，等到一張紅通通的臉孔乍然冒現，才會讓人發現社會監督不分日夜，長年都在運作。吃著冰棒的巴西少年並不知道有一雙長輩的肉眼已經透過後視鏡觀察已久。終於，（請容許渲染一下），韓國化身為握著駕駛盤的司機大叔，啟口開始教育拿著納稅人支付的獎學金得主：你怎麼可以一個人吃？你應該買給朋友一塊吃！

這個「冰棒事件」一下子就在獎學金得主的小圈子炸開來，然後簡化為可以輕易理解的說法：巴西少年被韓國大叔教訓了一頓。馬來西亞大叔來自曾受過英國殖民的國家（獨立前稱為馬來亞），腦中有幾分自然滲透的洋化想法，不難明白巴西同學覺得自己受了委屈。別人想吃冰淇淋的話，不會用自己的錢買嗎？更何況，他們並不想吃！為什麼我得買給他們？為什麼韓國的司機大叔可以多管閒事，他憑什麼教訓我？

轉個念頭，只要重新回顧昔日有過的教養，大叔就會不小心跟韓國司機站同一個陣線。出生於一九七〇年代的華人家庭，大叔從小就活在老祖母掌權的家庭，只要出門（不管用不用餐），都必須帶一份食物回來盡孝。老祖母歿後，凡準備出門打包食物回家享用者，都得先問遍全家上下吃不吃一份。有幾次，母親似乎嫌煩，帶著孩子在外吃了一碗麥粥（有時是糯米粥）之後，就彎腰交代說：回家以後，別說我們吃過東西。背著同個屋簷者捧碗獨食，雖然破壞了分享的規矩，一個初老的男童至今卻難忘曾經入口的美味，那異常的飄香。

巴西少年失之公然獨食，所以才在韓遭受文化衝擊。當時他不會知道，遠在二〇〇七年第十一屆的高級韓語檢定考試，即有作文題目作「현대 사회에서 나눔（분배）의 필요성」（分享〔分配〕在現代社會的重要性），裡邊的作文提示強調，只要肯拿出一小樣東西捐獻給社會跟人分享，其價值跟富豪的捐獻沒有兩樣。幸虧，只要一天繼續在韓，巴西少年還有接受再教育的可能。果然，到了高級一班，中級階段各自漂泊不同班的一老一少又重聚當同學，這時都需要一起面對不斷強調要「分享」的班主任。

高級一班主任似乎知道有些學生喜歡吃零食聽課，曾以不緩不急的語氣說，如果上課時間任何人想吃東西，得買給全班一塊吃。這個說法實在是高妙的禁食令，從此班上不曾再聽聞令人分心的咀嚼聲。小休時候，只要在語學堂待上幾個學期的學生，都知道有個不成文的規矩，早已會主動買點零食分享。碰上手頭拮据，他總會從販賣部買了東西邊走邊吃，到了課室前就趕緊吃完才入班。畢竟，手上只有一個三角紫菜卷，要切成多少塊來分享呢？

只有班上的日本同學自成一格，一直都是叫人敬佩的異數，手上拿著麵包從容地吃，從來不管周遭的目光。這時，他就會替她們設想：果然是來自島國的民族，早已脫亞入歐，連新年都改成西曆一月一日，自然不必服膺於大陸與半島這一端的儒家遺教。

儘管重新習得童年的分享習慣，他卻不知道韓國的分享範圍可以有多大。終於有一回，涉及了禮物。妻女來韓帶了幾袋即溶咖啡，要他幫忙送禮給學校相熟的教授。對方一手接過大紙袋，竟然馬上當眾拿出即溶咖啡拆封。幸虧那是條裝即溶白咖啡，可以一人分贈幾條。從此，給韓國人送禮就必須多一份考慮，得送些方便他們可以當眾分贈的東西。

帶著那一份重新培養的分享意識，他在二〇一三年短暫回到熱帶國度假一個月，卻不曾想到應該要傳授給女兒，就送她去體驗文化差異。於是，有個下午從韓國人開辦的幼稚園接三歲大的女兒回來時，他和妻一起發現小女童的額頭與右臉頰都各有淺淺的傷痕，似乎被抓傷了。

那三歲大的女童只是一疊聲說 Coco Crunch（雀巢可可脆片）。翻遍了她的書包，卻不見平日給她帶去的餐盒。一問之下，方知她的可可脆片被搶走了。這位女童向來在家獨霸一方，從來只有她搶別人的東西，難得也有了落難的機會。

孩子的韓國老師發短訊告知，那三歲大的女童這一天似乎在等著某樣食物。可見，那不諳英語的老師也不清楚那一盒雀巢可可脆片已經被搶走。孩子的媽媽給老師擬了一則韓文短訊，老師卻回說，韓國小孩向來是你吃我的我吃你的，那是典型的韓國文化。聽了老師的教誨，只好認了自己的疏忽，不曾先教孩子要分享。可是，不分享的東西就應該被搶走嗎？

有了「可可脆片」事件，十年之後他終於可以這樣安慰巴西同學，你沒有分享冰棒，只是挨訓一頓；小孩的世界就不一樣，你不分享，你就會被抓傷，你手上的餐盒就會被搶走。

觸犯外國人的禁忌

留學生之間有個不宜隨便觸碰的話題：韓國。幾個念著高級一韓語的留學生碰巧在冬天同桌吃飯，不知誰一個不慎起了頭，馬上各有各話要搶著說，一張「韓國的好壞」清單就毫無費力列了出來。只是，這一張清單中，壞處有四項：複雜的人際關係，巨大的應試壓力，高物價，宗教團體都像大公司。好處只有兩項：深夜可以無懼獨行（至少跟肯雅、柏林、布宜諾斯艾利斯等相比），令人讚嘆的地鐵系統。

高級二時，慶熙大國際教育院似乎不知道這一年多下來，旅韓外國人多少遭遇了一些不愉快，早已養成一雙充滿批判的目光，還有一肚子的牢騷伺機待發。在美麗的春天，「輕敵」的院方派來一位碩士生負責第二時段，跟另一位發音精準的老師輪流給外國人上課。

由於教學資歷尚淺，這位碩士生似乎接觸不夠多的外國人，否則就是對自己的國家民族充滿自信，她竟然在一堂討論課時，發了類似這樣的題目：請談論韓國的優點與缺點。這下子正中下懷，全班還不緊緊逮住可以公然傾吐的機會？大家一面倒地數落韓國的缺點，幾個小組鬧烘烘一片。最後，那一位年輕老師孤零零站著，一臉悲哀地問，各位，韓國真的有這麼糟糕嗎？

眼見韓方已經敗陣，大叔的良心才活躍過來，就不免回頭問自己：韓國真的有這麼糟糕嗎？不，韓國（人）並非那麼糟糕，只是有時想做一件討好的事情，卻有可能引起反效果，而觸犯了外國人的禁忌。

剛來韓念初級班時，他常常在學校食堂獨自吃午飯，第二時段的鄭老師瞥見了，似乎於心不忍，私下問：要不要我介紹馬來西亞朋友給你認識？在成群結隊的國度裡邊，受不了高分貝喧囂的中年人，其實正享受著一份難得的冷清。

往後在韓，他還會常常聽見這樣的好意，才發現那是韓國人一貫的社交辭令：要我介紹某某給你認識嗎？翌年春天，他不得已出席一個院方的社交場合，有一位辦公室職員知道他來自馬來西亞，而且還是個「寫文章的人」（글을 쓰는 사람），便一臉討好地說：這麼巧，我也認識一位馬來西亞的記者。對方

口中的「馬來西亞的記者」恐怕就是幾個月前妻介紹給院方認識的人。

那時，旁邊站著另一位知道底細的職員，他已經對同僚頻頻打眼色示意，要對方別一臉殷勤說下去。偏偏，那位太急於給外國人好印象的職員正說在興頭上，辜負了同僚的暗示，他說，我可以介紹給你認識。大叔聽著又不便點破，只能站著陪笑。

從此，他知道「關係」（connection）在韓國有「轉售」的可能。往往才見過一面，彼此的名字就會掉入對方的口袋，成為隨時可以再掏出來在交際場合當人情使用，輕則「我認識某某某」，重則「我可以介紹你認識」。

另一次飯局，有個韓國人得知他就讀慶熙大，便說：我恰好也有一位朋友在你的學校任職，不過他目前當兵去了。那時他不免起疑，對方口中的「朋友」也許只有一二面之緣，即英文的「acquaintance」（泛泛之交）而已。韓語「친구」（朋友）一詞的漢字作「親舊」，「親」與「舊」都需要一定的歲月基礎，不是嗎？

然而，近代的韓國社會太匆忙創造奇蹟，似乎放寬了「朋友」的定義，讓「朋友」的關係可以速成。於是，誰都有可能是「친구」，如此「相交」滿天下，誰才是真正的朋友？也許韓國人熱衷於如此，但不是所有外國人都喜歡隨意

牽線，（轉）介紹不太相熟的朋友（對馬來西亞的大叔來說）是失禮又輕浮之舉。

有時，另有一種令人悲憤的狀況會出現：外國人被逼做些不討好的事，才能在韓國存活。二〇一二年冬季，接獲包裹寄到的電郵，他前往國際教育院辦公室準備領取。他戴上笑容打招呼，低聲下氣詢問，櫃檯上的職員卻懶得起身，隨意掃視一下就說，沒有啊。他出示了電郵（此舉太傷韓國人顏面），櫃檯職員更是懶得再動，說了一句，真的沒有啊。櫃檯內還有多處都未曾仔細搜尋，這太敷衍一個東南亞人吧？一時，他實在拿這些職員沒辦法；待想到方法時，還是猶豫三分，因為要顧及這些職員的顏面。

最後，他動了肝火，尤其想到必須使出下下之策才能取得包裹，心裡更是火上添油。韓國人正逼著他去做一件不想做的事情：動用關係「以大欺小」。他踏入一條走廊，找相熟的金老師說明狀況，對方從辦公室走出來，一聲下令，整個櫃檯活躍起來，幾副身影彎下腰找包裹。

那一刻的彎腰是悲哀的屈服，不是躬身為人服務，他只想到辦公室的這一幕是千年以來一個小邦在奉行「事大主義」的縮影。都二十一世紀了，還不（會）欣賞平等的對待，卻要外國人「欺壓」，才屈服於一聲命令，這到底是怎麼一回事？拿了包裹，他實在不忍再見，那些櫃檯裡邊如有笑臉回奉，一定比什麼時候都難看。不管他多麼小心，最後的勝利者肯定已經造成傷害，只能趕緊轉身離去。

冬

布下棉被的陷阱

春花，夏雨，秋楓，冬雪，每一季都需要容易辨認的憑證，以取信於生活天腳下的眾生。熱帶人赴韓以後，才發現一季往往先報到，站穩了腳跟，當季的風物才稍後從容登場。十一月初已經掛名「立冬」，首爾的綠葉卻尚未紅透，冬季的白雪只能往後再推。

深秋夜歸，學校路邊冒出一檔鯉魚燒，是其餘季節都不曾見過的溫暖風景。四邊下著透明塑料布篷擋風，有一面印著「我愛鯉魚燒」的圖文，是卡通貓手（還是腳？）抓一魚，樣子極為可愛。不知何故，他在風地裡看了只覺得慘傷，因為生活與謀生往往不是那麼一回事。其餘季節，做此小本生意者究竟以何營生？

整個十一月，樹葉本可以陸續紅透，秋雨卻已經連下兩日，都是摧葉雨。他陷入兩難，打傘出門賞楓，只怕還有夏綠；遲遲不去，又恐葉子已經凋零無數。終於，雨後出門，卻驚見這一棟樓上下幾層的房門外都貼上新外賣廣告，有人已經洞察冷天不願輕易出門的新商機。

課後回來午睡一半，驚聞激烈的砰砰拍門聲，以為屋主來訪。從被窩裡鑽出來開門，他的身體是起來了，意識卻尚未附上來。門開，站著一個戴帽的年輕人，身穿黑黃兩色的風衣，劈里啪啦說了一堆話。大叔等他一說完，馬上以一句封斷後路：我是外國人，聽不懂。對方說了一句，哦，外國人。

關門再鑽入被窩，卻已經是個極度清醒之人，門外砰砰聲音不絕，那位年輕人轉敲其他房門去。此時他才懂得心驚：要是來者不懷好意？屋主素知有門鈴可按，豈會粗野拍門？雖然裝有CCTV，但樓下的電動大門自夏季失靈以後，常常敞開著，由著穿堂風出入。那一陣子，他才想到這樣太方便外人，事情就發生了。其餘時候，一整樓靜得透出一股冷洌的氣息，任何聲響都是一種闖入。

一個學期才過去四週，又逢期中考，當天一位日本同學贈送全班巧克力棒（빼빼로）。三天後又一位日本同學自製巧克力分贈大家，都是可以幫忙禦寒的小禮物。此時，全班莫不驚訝於有個只顧著收禮的大叔不知十一月十一日為「巧

克力棒節」，那是中日韓三國共慶的節日，情人或朋友之間可以互贈巧克力、糖果或零食。幾乎不太過節的大叔，經班上年輕人的提醒，才發現周遭的市面早已布滿商機，連文具店都得騰出空間擺賣巧克力棒。

吃過巧克力棒以後，秋以退一步，又進三步的步伐，漸漸往寒冬的方向走去，氣溫已經超過春寒，得開地暖了。下個月瓦斯費是個未知數，浪漫的秋天終於得付費。昔日讀過的畫家傳記，有了體會就有明白，此時不看窗外景，會以為是巴黎或莫斯科或倫敦的地下畫室，身邊只缺硬麵包和油彩（水彩倒有）當道具。紅葉才上枝頭，心裡已經不能不造園取暖，先想像著未來都是花開的春天。中間，其實還有一個未曾會面的冬天走著來。

由於瓦斯費會吃掉生活的其他預算，他不能不有較為實際的打算，便決定下清涼里花點小錢買一條棉被。他不知道自己買回來的是個太舒服的擁抱，隨地一鋪，就是布下一個陷阱。入夜嘗試不開地暖，鑽入被窩的臂彎便不覺身外之冷。醒來，不禁一驚，距離上課只剩一小時，他終於知曉為何近來同學紛紛遲到，都是被一團溫柔所拘繫。在中學時代，他只不過將「偎在被窩裡不出來，那便是在作人的道上第一回敗績」當作需要記誦的名句精華，如今方知梁實秋是北方人，自然比誰都熟知人與被窩日復一日的小拉鋸，才會作此言。

山頂小房的雪後景。

天冷，脫離了現代洞穴在風地裡走著，他比任何時候都擅長苦情戲，眼角常無端出淚，那是必須趕緊抹去的兩痕微寒。一對鼻翼跟著甦醒過來，兩個鼻孔隨時結有鼻涕網，他不得不勤加入廁清理，那太有礙觀瞻了。

一概電子產品都極為耗電，才充電滿格藏書包裡邊，幾個小時後拿出來，已經下挫一兩格。人身是個燒得快的大爐竈，三五時需要塞點食物當柴燒。週末要吃正餐時，總有小小的掙扎：天冷不想出門，可是待在家裡又煮不出一鍋熱湯可以慰藉自己。最後，一頭餓獸還是得下山覓食去，誰叫人類尚未發明「冬眠」。

推門進韓食店坐下來，雙手一陣餘麻。坐享開著暖氣的空間，人體是慢慢解凍的肉塊。其他桌子的交談聲入耳都極為遙遠，像方外之音。原來是利器的耳朵一旦受寒，似乎也被磨鈍了，一切自然聽得不真切。望著大媽下廚煮熱湯，那是一幅可以取暖的圖像：經窗入內的朦朧光，照現一縷縷上升的熱煙，都是分明又冷靜的生機。

第一眼初雪之後

首爾的初雪是一則謹慎的預告，不準備透露太多劇情，只給熱帶人稍微見一見世面，很快就收了。翌日雪影暫休，熱帶人晨起期盼，待要拉開窗才發現：水珠凝結玻璃面，房中唯一的單眼窗已經冰封，拉不開了。是日，零下五度。

再隔一日又預報有雪，中級二的安老師應景地說「첫눈」一詞可以兼指「初雪」與「第一眼」。熱帶人正準備以「第一眼」看「初雪」，就一臉興奮地對安老師說，我非常期待下雪，只聽她皺一皺眉說，遲些你就會後悔。話才說畢，陰暗的窗外天紛紛揚揚，世間的顏色紛紛告退，似乎只準備留下一白。全班湧往窗邊，熱帶人的夙願已償，卻不知道安老師的預言跟著要實現。

那一日吃午飯時，熱帶人還能談文論藝。東北朋友問，你想起哪一部作品。他尚未回答，朋友先報上海明威的《乞力馬扎羅的雪》。站課室窗邊看暴雪時，熱帶人一會想到谷崎潤一郎的《細雪》，一會想到「落了片白茫茫大地真乾淨」的《紅樓夢》終於登場了。當然，如此之雪也覆蓋於喬伊斯的《死者》與活人的身上。

踏上歸途才知冬季的厲害，地面隨時是溜冰場，運動鞋已經報告腳下的殺機。他不能不放慢速度，以仿企鵝踏步，東北朋友有踏雪走路的本領，看了便笑。他花了比平日較多的時間才踏入老社區，山頂之家已經在望，卻還有一片小山坡跟一排台階直掛眼前。他一個深呼吸，雙腳插入積雪走不動了。他終於明白房租不高，是因為首爾人早已預見冬日的情境。此時，有個穿紅衣取暖的大媽在剷雪，熱帶人問，得脫下鞋才能走？結果，笨拙者激發了韓國大媽的母愛，她走過來抓了熱帶人的手，一起走上一小段路。

冰封的窗外，遠近的四方屋頂都鋪著一方又一方雪毛毯。熱帶人跟外面之間，是隔著一面霧濛濛的玻璃窗，他才寫點東西上去，旋即又被一隻無形之手抹去。出門上街，夾道有白雪勾勒出街樹枝椏，原來秋雨打下了黃葉，只為了有一天白雪可以掛上。冬陽穿經光禿的枝椏，於地面上盤結出一道道龐大的蛛網。細看那些粗細不一的絲線，都是黑中透出一分幽藍。雪地足跡一排一排，偶有交集又分岔，那是人各有志。

熱帶人要了難得一見的白雪，就不能謝絕天氣的嚴酷。才過幾天，氣溫陡降至零下十五度，耳朵不知何時已經凍傷，鏡中有一對紅腫豬耳朵對外翼張。浴室洗手盆水喉一轉，只有客氣的涓涓細流。清理了地上排水口的毛髮，浴後還是鬧小水災。從浴室出來，已經是「出浴」，水管恐怕已經結冰。靜靜一人時，不時可聞細細劈啪聲，疑為窗面冰結冰又裂。外冷內熱，窗邊還會掛淚滴答作響，現代洞穴中人得一再離桌拭擦，以防滴水弄汙牆紙。

冬季搬家是難以想像之事，終究發生了。對房有動靜，是新房客遷入，敲敲打打大半天，是老天給備考者的考驗。之前出入之際，走道上已見擱有辦公椅，疑是兩人共擠一房，韓語對話不絕於耳。入夜，這一場只聞聲響的廣播劇竟然未完：對過新房客從外回來，似乎忘記剛設好的密碼，有門進不去。隔了一陣沉默，有腳步登梯打破冬之靜夜，是屋主上來救援。

十二月上旬的雪後天，熱帶人已經猶豫該不該換一雙鞋，山東同學是老經驗，說穿什麼鞋子都有可能滑倒。更多人鼓勵說，小心走就好，總可以走出竅門來。熱帶人心下自忖，沒換新鞋，反而會更小心翼翼，不是嗎？誰知，一場冬雨降落，幫了熱帶人做決定。

那時，熱帶人清早出門，才一腳踩著山坡，情勢已經不對了。打滑者只能將山坡當作雪坡順著滑落。雙腳一旦失控，就越過坡底一條橫巷，肩膀撞上一面屋牆才止住，一個路過的大媽滿臉都是驚嚇。據同鄉事後告知，那一日全市有三百多宗「落傷」（낙상，摔傷）案件，其中一單不在統計數字裡邊。

之後，到校的路上突然顯得陷阱重重。熱帶人在課室內拿了中級二證書後，全班同學得先下一座山坡，再翻越另一座山坡去禮堂出席本學期的結業禮。他才踩著雨後殘雪的下坡路，便滿心恐懼。他掉隊一人苦惱許久，最後蹲落身子移步下坡。

他坐地鐵準備去清涼里買一雙新鞋，途中發短訊告知同學，不參加結業禮了。然而，買鞋不是一件容易的差事，大腳板者需要二七〇號的鞋子，在百貨公司未能找獲，得下明洞再找。熱帶人已經乏力，得先在清涼里穿巷覓食，他發現一家韓食店有客雲集，門前卻見積雪擋路。他勇敢一跨，入內點了豆腐辣湯上桌：小菜豐富，附送半邊魚，入口都是安慰的味道。

飯飽以後下明洞，一脫離有暖氣催眠的地鐵車廂，熱帶人在站內找獲椅子閉目坐歇，隨即失去記憶。突然「砰」一聲，旁邊座位下有一把雨傘，是動身離去的情侶不小心弄倒，午後夢已經醒來。

十二月下旬再降一場細雪時，他已經學會用文藝腔跟同學說，這是我生命中的第一個冬天。那時他口裡的「冬天」已經多了一層充滿磨難的意思，因為雪天總是孤立他，斷他的網絡至深夜才恢復。他跟妻熬夜通話，入寢前在被窩中回憶說過的話時，總生遙遙如夢的恍惚感。

聖誕前夕，冬天進一步封喉，浴室洗臉盆只有更小的細流，幸虧小廚房洗碗槽的水量還大，可以洗一把臉才上課去。熱帶人難得打破慣例，不沖涼就去上課。平安夜已經是個諷刺的名稱，他撕了一塊發燒貼黏額上，睡到翌日才醒來。

一歲將盡，晨起即聞滴答聲，熱帶人以為是冬雨，卻是白雪重來。再過一天，已經是二〇一二年的最後一日，零下十二度，冰繼續封窗。要下山得全副武裝，必須將自己埋於四層衣物，兩層褲子，一頂絨帽，纏上圍巾，戴上手套。所幸，這回一腳踩落，大地積下厚雪，不用擔心摔倒。到了韓食店點大醬湯吃完，大媽叮囑路滑，小心走。

熱帶人在巴士站約莫兩三分鐘，才提起勇氣朝著回家路走去。商店一角的排水管有一截冬季捕捉成形的流水，已經結冰。到了老社區小山坡，一對青年男女當作滑梯，登上滑下，輪流承接對方。拾步上坡，住家大樓前無人，雪地上只有三五灰鴿聚首移步。寂寥之極，冬有一份靜穆。

冬天的慶熙大校門。

觀詩畫取暖

白雪封地，只不過拘禁人身，翻起詩畫，卻可以思接千載。十二月下旬，熱帶人忙著生病，是斷斷續續的低燒。待昏沉中人有了幾分清醒時，他終於記起隨身帶來的一些詩畫，是時候該拿出來了。四季都經歷了，詩畫的人生回聲，他應該會聽得比往昔更清楚吧？

來韓之前，不能不考慮行李的重量。熱帶人曾翻完一本朝鮮古漢詩選，抄下（實則是輸入）有共鳴的幾首。雪後天重看，有應景的兩首，題目都作冬夜。先是崔瀣（최해，一二八七—一三四〇）的《縣齋雪夜》（현재설야）作「三年竄逐病相仍／一室生涯轉似僧／雪滿四山人不到／海濤聲裡坐挑燈」，以最後兩句最精彩。這首七絕一句接一句寫出接連不斷的磨難（放逐，病痛，清簡的生

活，雪天阻路，強風吹松），到了最後一句才以「坐挑燈」的鎮定身影作結一切，那是以一個小動作來對抗龐大的黑暗。不論其中有多苦澀，詩成就是透露人在玩味那一份孤寂。

另一首出自於幾乎同一個時期的李齊賢（이제현，一二八八－一三六七），題目是《山中雪夜》（산중설야），全詩作「紙被生寒佛燈暗／沙彌一夜不鳴鐘／應嗔宿客開門早／要看巖前雪壓松」。上一首的「一室生涯轉似僧」只是比喻，到了這一首卻是實實在在的Temple Stay（寺院寄宿），比今人早幾百年。詩中畫出一副有自覺地風雅賞景的身影，不怕驚醒睡夢中的小沙彌，一心要開門看「巖前雪壓松」的雪後景。全詩妙在暗寫夜裡下過一場大雪，所以「雪壓松」，紙被「生寒」，佛燈暗然，小沙彌都起不來敲鐘做早課。

熱帶人另有一本鄭炳模（정병모）編寫的小畫冊，以滑面紙印刷，拿在手裡都是分量。當初不厭其煩帶來韓國，裡邊的彩頁碰上冬季，可以給白雪世界增色。其中一幅，是十七世紀前半葉的《雪中歸驢圖》（설중귀려도），畫者金明國（김명국，一六〇〇－一六六一）挑選送客當作關鍵時刻，曾有的歡笑聲，彷彿可以在畫外聽見，已經不必畫出來。客人攜著書童騎驢踏雪離去，中途回眸過來，只見主人倚草廬柴門目送，不肯進去屋裡。主客之間的距離就是一再拉長的

依依別情。圖畫本是無聲詩，觀者卻可以聽見叮囑，一個想說「慢走」，另一個想說「別送了，天冷，該進去了」。

白雪籠罩，不是訪友的好天氣，肯來訪究竟是何等情誼？主人的草廬前臨谿谷，後有巨山壓得屋小人微，那一點歡聚以後的餘溫，也許可以幫忙祛寒，令人暫忘身處孤絕。主人不捨的目送裡邊，已經有一份難言的感激；共聚過的客人也有一份不放心，彷彿獨自離去就是將朋友撇落在不該的荒涼之地。這是一幅冷中透暖的雪天圖，對山頂小房的熱帶人訴說著太多的畫外音。

翻一本在韓買的《我去博物館學習》（나는 공부하러 박물관 간다），裡邊有收錄一幅《觀山積雪圖》（관산적설도），出於十六世紀後半李正根（이정근）的手筆，畫的是冬春之交。畫中冬雪已經漸退，山岩與山根露出一層瓜皮色綠意，是新春的消息。積雪之地有先後兩抹人影，一背薪，一荷擔，都行至乍然變窄的臨界點，那是一道不能不跨過的積雪小橋。城廓已經在望，入城可以家去，只是眼前有著幾層畫家不願直言的考驗：一道橋，一段路，一些時候，冬天才真正過去。

冬天看了一些應景的詩畫以後，熱帶人以為自己改變口味，才被一幅春景圖吸引，甚至在高級二撰文談山水圖（산수도，山水畫）時，還援引為例。十年

以後，他方知春景只是表象，裡邊卻透出一股冬日特有的空寂。

崔北（최북，一七三八－一七八六）的《空山無人圖》（공산무인도）乍看平凡無奇：一座草亭，一道流水，旁有蒼山綠樹，卻空無一人。題畫詩起著點睛作用：「空山無人／水流花開」。然而，空山真的無人嗎？有草亭處自然有過客，只是都散了。

《空山無人圖》只畫出聚散前後的景觀，中間的繁華與喧囂，都是不入畫的人生，那是終究要熄滅的熱鬧。本來，天地之間就有一份永久的自在，不為人的聚散動容，花會繼續開，水會繼續流，只有人們終將失去跟這一切的關係。這樣的命意，比任何冬景圖都令人覺得寒颼颼。

看了一些詩畫以後，熱帶人不自覺培養了一份雅興，覺得病後應該走訪一趟國立中央博物館。是時候再去會一會申潤福（신윤복，一七五八－一八一三？）的畫作，那是他對韓國古畫產生興趣的源頭。

申氏在韓國繪畫史上是個神祕人物，卒年不詳，性別是個疑問。他／她有一幅《月下情人》（월하정인）相當通俗討好，畫一對男女似乎有密約，當時月初升，霧破牆頭。畫面充滿下一步的暗示，畫中男人的一雙腳已經向著前路，要動身了。女人貌似不從，一手抓著斗篷遮臉，不讓情郎發現自己的羞赧，腳尖

卻朝向男人，洩露了心中的願意。看到這裡，熱帶人忍不住要配上李後主的詞：「花明月暗籠輕霧／今宵好向郎邊去。」全畫以墨綠二色為主，畫中男人手持一點銀紅燈，是暗地裡燃燒的情苗。

熱帶人雪後要訪的不是《月下情人》（收藏在澗松美術館간송미술관，不容易去），而是另一幅較為容易接觸的神祕芳蹤。過去三季，每到中央博物館勢必佇看，那是一幅途中人影，走在貌似無雨的晴天，其身姿卻像疾走避雨。旁邊有一道長牆，此去恐怕都是人家，難道畫中人要避開視線？由於走在路上，看畫者不知畫中人才上路，還是要歸去。

有別於一般畫作以人物的臉影（不管正側）朝對觀畫者，此畫只有一副神祕的背影。畫家似乎不準備對世人有諸多交代，熱帶人在博物館站了一陣，就為了一份不可解的神祕，一直放在他眼前。

為妻進宮去

十二月初雪後天，哪裡可以找獲一片較為完整的積雪？在千里以外的家鄉，愛雪的妻正等著雪的消息。待他想到時，便出門下一座危坡，準備入城去。所幸沿街已經有人撒鹽鏟雪，開出了一條條方便路，可以無懼走往地鐵站登車。然而，他終究不能不小心：一個要入宮者，是不能摔傷的。

坐一號線下市廳站，登上地面以後，沿著一道石牆走，到大漢門買票踏入德壽宮，他才發現較其餘三季人稀，可以享受難得的安靜。那是首爾人的市民公園，他已經來遲了，雪早已鏟除，一條黃土路上只剩一道道白色齏粉透露車轍。夾道草地都是積雪，有些枝椏似乎不堪雪壓，斷了一截掉入雪中，成就了一幅冬景圖。冬天該有的蕭瑟，德壽宮都表現出來。

宮中遠近的黑褐枯枝都有一些未褪的殘紅掛著，顏色已經黯淡，是秋天燒剩的几團小火焰，就快要滅了。所有飛簷都白頭，是灰黑的宮瓦鋪了一層冬雪，卻難掩一道道分明的瓦痕。跨入中和門以後，殿前橫著一片已經被百般踐踏的積雪，都是前人重重疊疊的足跡。御道兩側的文武官品階石淺埋雪中，乍看像兩排軍人墓碑，整齊得令人肅然起敬。

幾天以後遊興未減，熱帶人下城去一趟春天走訪過的雲峴宮（운현궁）。小小宮殿都是積雪，只開出幾條黃土小路。走至一處，滴答聲可聞，是屋頂積雪碰上冬陽，正化為點點滴滴的簷前雨。低頭一看，水滴地面打出一排「洞」，露出積雪想要覆蓋的黃土。雲峴宮是朝鮮王朝高宗之父興宣大院君（흥선대원군，一八二一—一八九八）的住所，也是高宗登位前的成長之地，還有後來的成婚之地。裡邊有匾額諸如「老安堂」、「老樂堂」和「二老堂」都命名簡樸，是書法家金正喜（김정희，一七八六—一八五六）的隸書手筆，有一份令人玩味的拙趣。

雲峴宮柱上也有幾幅出色的對聯，不知是墨色已褪，還是本來即用藍墨以行書寫於白板。春季時，像「庭花已發彩天雨／苑柳猶含昔日煙」和「花開傍樹皆生色／鶯出凡禽不敢啼」，都是極為應景悅目的描繪。初冬再看，只能當作先呼吸幾口春天的空氣。另有一副較為大氣，直抒對歲月的無懼，萬變之中自有一份不變：「萬千年去山猶在／三五夜來月復圓」。那一日從雲峴宮出來，行經都是殘雪的光化門，風中有一物搖曳，是天空花園見過的紫芒草，那已經是上一季的秋影。

從舊歲到新年，日子病中換，覓一方積雪仍是未竟的計畫，他到翌年第一天才繼續付諸行動。那一日網絡故障，坐困家中就是面對四牆，他決定踏雪訪陵。行至慶熙大附近的懿陵，近出入口處的雪地上，有大人用童年的回憶堆好高矮兩個雪人。穿過一片枯林，前方另有一大片較為完整的積雪，未見太多的足跡，他難得可以先踩下第一腳，像偷嘗了蛋糕上的奶油。

冬陽之下，王陵雪地閃爍著無數星光，熱帶人的眼鏡會自動更色兼當墨鏡，可以防雪盲。有幾抹不滅的黯紅，是王陵的一道紅箭門，還有一座丁字閣。雪中埋有一粒松果，正好給路過的熱帶人瞥見，那是女兒上一季來訪未能撿獲的小願望。

翌日，熱帶人要下鐘路三街出站找一方積雪，卻誤下鐘路五街站，他在漫步中終於發現，手上的相機應該調成黑白模式，冬景只求黑白分明，不願意讓其他色調擾亂一份肅穆。他本來準備逛昌德宮祕苑，但裡邊占地甚大，景點又散置，寒風中流著鼻涕走逛是自討苦吃之舉。

過昌德宮不入，他走到不遠的景福宮，準備買票看一看鎖在宮牆內的冬天。零下十四度的天氣，宮內有水之處都結冰，不管宮殿或雕像都頭頂蓋雪。也許這樣，更顯得一切似乎靜止不動，旅客的人頭不難數算，景福宮終於享有一份幽靜。

平時蕩漾的綠水，已經是死寂的冰面，池中的香遠亭將冬陽誇大的藍影子投落冰面上。環走一圈，池邊枯枝掛著伶仃的橘色秋楓，經冬陽一照透，都是復燃的小火焰。慶會樓的池面也結冰，池邊的枝椏都將影子紛紛投落，以指向中間的樓閣。水的柔情已經暫時消失，只剩冰的剛硬維持著冬日。這世間的建築材料在冬日顯得分明，有石，有木，都是自然界的一部分，人只是堆砌拿到的東西。

熱帶人不勝寒冷，身體一旦開始撒嬌，便走到景福宮一角，那裡的國立古宮博物館可以避寒。他入內坐對兩輛西洋御車許久，直到聽聞閉館播報才起身走出。站台階要舉步時，他抬手看一下腕錶，才下午五點半，冬天已經讓暮色提早到來。他瞥見底下有一男一女，似乎來遲，或者誤闖此地，他們舉起手機拍攝冬日向晚的景福宮。層層飛簷都有積雪，在陰沉的天空下發亮。熱帶人拍了一張，發給千里以外的妻，她回說：這雪還下得不夠厚。他卻想到：景福宮閉門以後就是深宮，積雪也一起鎖在裡邊。

雪後德壽宮文武官品階石。

景福宮的冬雪。

高一班的「國際關係」

冬季升上高級一班時，他跟一個美國人為鄰，只想到：駐韓美軍終於派同胞來語學堂了。這位身材五短精壯的美國先生，在那一年冬季常穿三角領灰毛衣，裡邊一件翻領格子衣，外加一件黑風衣，短髮梳得油亮，腳下一雙黑皮鞋。

由於是新一年，高一班老師彷彿覺得學生都會立下新年目標，想重新打造自己的人生，便要求寫一篇「幸福又有意義的生活」（행복하고 가치 있는 삶）。偏偏，大叔只要在韓國碰見「幸福」（행복）一詞，眼睛就會一亮，耳朵就會不自覺豎起。如果用語反映內心的匱乏，那麼幸福說得太多的國家，即意味著充滿不幸。他轉過頭去對美國先生說，「幸福」這個詞在韓國未免用得太多。這位娶釜山太太六年的美國人接連點幾次頭，非常乾脆地說，因為在這個國家，

要找到幸福太難了。

私下，這位美國先生曾說過，他跟太太常常為錢而吵，所以說，在韓國，錢就是全部，或者有了錢，全部問題都可以解決。聽了這番話，大叔那一日踏上歸途時，不免放眼細看周遭幾圈。繁榮的市容總是容易欺瞞外國人，彷彿所有國民都分得國家財富的一杯羹，中下階層的掙扎求存不容易馬上察知。那不比破敗的赤貧之地有一輛豪華車駛經，當即可以感知財富仍掌握在少數人手上。

由於班上不時需要易位而坐，大叔終於有一天得跟一位燙著大波浪的德國韓裔比鄰而坐。英韓混用聊了一點，這位二十多歲的女生清楚雙峰塔，知道馬來西亞首都是吉隆坡，然後說了一句：美國人除了美國，對其他國家一無所知。雖然「美國人」可以是個泛指，大叔終究覺得班上的美國先生已經挨了一刀。

常有一位說德語的短髮東方臉孔會來找這位德國韓裔，兩人站門外低聲交談。不待大叔詢問兩人的關係，這位德國韓裔發表三分鐘演講時，挑了InKAS（International Korean Adoptee Service Inc，專門協助海外歸來的韓裔孤兒適應韓國生活的組織）作題目，當眾透露自己的身世是「領養兒」。

來韓之前，大叔已經清楚韓國人講究血緣，比起許多國家的人都不願意領養孤兒，以致從一九五〇年代韓戰至二〇〇五年為止，有數十萬韓裔孤兒被十五

國領養。然而，到了這些韓裔孤兒在歐美出人頭地時，韓國這邊的報紙又會挺身「認親」，覺得這些「僑胞」給自己爭光，還有什麼比這個更荒唐？有一次老師問，你們不覺得韓國人重情義（정이 많다）嗎？大叔似乎專買一張機票來批判韓國人，孤兒問題早已惹火他，這回他冷冷說了一句：「정은 많지만 쓸 시간은 없어요.（雖然重情義，但沒有時間使用這些情義。）」

美、德二國隱隱對峙以外，班上有個不管世事的日本小弟，初時老師不知道那是踩著也不會引爆的地雷，他接到問題只肯答一句「그냥」（沒有理由，就是這樣），然後沒下文。這位日本小弟也有肯積極的時候，他曾在大叔快入睡的一個深夜發短訊告知：明天是泰國公主（曾是大叔中級二同學）生日，得有點準備。

由於泰國公主的雙親來韓，那些日子要謁見本尊並不容易，何況中級二時已經有過辦生日會不見主角登場的戲碼，大叔建議課後再下樓買蛋糕不遲。日本小弟卻堅信，只要買了蛋糕，公主一定會赴約，他拜託大叔得先買蛋糕。

結果，公主並未依時而至，日本小弟一直跟大叔道歉。高級一班到底由大叔負責錄影，大家點了蠟燭，唱了生日歌，再由老師代切蛋糕。托公主之福，每人獲分一塊蛋糕，吃著度過極為枯燥的第二時段。最後，劇情竟然有了逆轉，公主在課後趕來，日本小弟獲得最後的勝利。一時，大叔馬上覺得自己老了：能相信承諾多好，那是證明一個人尚處於未經太多世事打擊的青春。

高一班彷彿回歸最初的春季，大叔又跟初級班的巴西同學，以及有過數面之緣的迦納女生再續前緣。有一日，巴西同學請大家吃巧克力，包裝上寫著一個大大的「Ghana」。大叔當即覺得需要惡補一下國際常識，便上網查一查，才知道迦納落在西非，是從前歐洲殖民勢力必經之地，先後淪為葡萄牙和英國的殖民地。人民常用語是英語，但據皮膚黑亮的厚唇女生說，大家上英語

名為「幸福」的郵箱。

課時都有點提不起勁。迦納目前盛產可可，以巧克力聞名於世。

一陣非常不可思議之感湧上來，一個馬來西亞人在韓國吃著巴西同學送的迦納巧克力，而不遠處坐著一個迦納女生見證這一切。大叔手上拿著吃的究竟是什麼東西？啊，那是世界頻繁交流的結果。

大叔韓語課

「獨逸」與「德國」

開始念韓語時，以為「독일」是「德意（志）」的簡稱（更多初學者則會憑聲誤會是「土耳其」）。待某日於圖書館驚見一排書脊題「獨逸文學」時，一問方知「獨逸」（독일）即「德國」，這完全打破他對德國跟德國人的刻板印象。中文「德國」一詞受限於「德」字，太拘謹嚴肅，怎能比得上「獨逸」的超然灑脫？

南山的聖誕與樂園的荒涼

十二月中旬的雪後天，正趕上高級一開課在即，他本來想預習卻接獲妻之友人來信告知將結群來韓，問能否相陪一日。念及一群人來此語言不通的國度，恐怕將碰上難料的麻煩，他便答應了。翌日清晨趕往明洞，許多店都還沒開門，他才知道明洞是過慣夜生活的地區，還起不來。

剛下機的同胞已經抵步，酒店的服務員能說英語，用不著他啟口說一句韓語，行李已經被推入電梯。客房面向一座山，國字形樓房像拍團體照，分成幾排前後站立。山頂上有一排冬意深的枯樹，像供作點綴的蕾絲邊。他陪伴聊天多時，入夜才帶著一行人穿街過巷到南山纜車站。

南山已是老地方，春季曾獨自步行登上，妻女來時曾搭過纜車，還能有什麼驚喜呢？不想，十二月中旬的南山別有風情，他帶人步出纜車，爬一些階梯，站在南山塔下一顧，才不禁一驚：原來，首爾（梨泰院是個例外）的聖誕氣氛不在他平日走過的街道，而是躲在南山上，像一頂發亮的皇冠，不走此趟還真不知道。

南山塔下一棵棵樹都掛上燈飾成為發光體，另有幾座圓錐體也披上一條條燈飾，要人當作是簡略版聖誕樹。兩位天使模樣的雕塑品背對背，正朝著冬日的虛空吹起沉默的長號。如果聖誕的其一條件就是燈火璀璨，那麼他終於發現一點：不論哪一季從南山俯瞰首爾的一盆星星燈火，都會發現這一座大都會每天在過聖誕。

那一晚等纜車下山時，三位台灣女生排在前頭，其中一位突然對同伴說，我的票不見了，怎麼辦呢。他聞聲插嘴說，我來幫妳。纜車入站，一群人要登上時，他幫口對女檢票員說，這位的票不見了。女檢票員到底放行了。

下了南山，照例不能不帶同胞去吃這一區的名菜：炸豬排。一排幾家都是專賣店，選了其一推門進去，上桌的炸豬排分量甚大，可供兩人享用，碟上附有一坨顯得黏稠的米飯，少許涼拌捲心菜，幾片醋漬黃瓜，是有點肥膩的組合，卻勝在能夠提供冬日所需的熱量。

獨自回到山頂小房以後，他又一次不免覺得：幸虧出門走一趟，不然怎知道南山之上有聖誕氣氛如許？到了一月下旬，慶熙大安排去愛寶樂園「現地學習」，他對這一類主題公園本來就不感興趣，冬日前往又是太不可思議的安排。但，內心一直有聲音慫恿說：你都還不曾去過，而且是冬日的樂園，那就去一去吧。

去愛寶樂園那一個冬晨，雨雪難分，一直打擊著天腳下的人影。大巴在龍仁（용인）卸客以後，有人打傘，有人在厚重的冬裝外披上一層透明的雨衣。站著四顧一圈，遠近枯木都是一根根空疏的羽毛豎立著，愛寶樂園難掩一種生命的本質：人間樂園，終究只是荒地上的建築。

陰沉的冬日天空下，一切可愛繽紛的建設都顯得局促慘淡，因為四外有龐大的冬包抄過來。纜車月台上亮著一圈圈吊燈，微弱的光暈不能招架入站的黑暗，氣氛倒退回三、四十年前的古舊，底下有個孤寂的男人身影在站崗。纜車一進站，他即負責引領客人入內，那是必須重複一整天的手勢。

雨雪之下，滿園的人努力尋樂，卻不知道可以玩些什麼，一時戶外太冷，一時戶內暖氣太熱。冬天萬事休，快樂的摩天輪也不見轉動，只停留在昔日的回憶。那一日，高一班同學建議玩輪胎雪橇，人只需坐落其中，一二三順著雪坡往

冬天的愛寶樂園。

下滑即可，那是不費一點功夫，全無一點技巧的遊戲。

過去出入首爾市，只要有積雪的日子，他總是努力防滑，這一回終於主動顛倒遊戲規則，希望雪坡讓他順利滑落，這是什麼意思呢？原來，遊戲只不過將平日需要認真的事情顛倒過來做而已。於是，坐著輪胎滑落那一刻，一個中年人彷彿取得吶喊的資格證，可以公然跟著大隊，將內心對雪地的恐懼宣洩出來。

那一日，冬日遊園者還坐上短程巴士，隔著玻璃窗觀覽各種「野生動物」。他難得碰見願意將鼻子湊近窗的褐熊，其餘幾頭只肯遠眺的白老虎與黃老虎都冷靜世故，是不肯上當的一群。正當他覺得這是愛寶樂園較為可觀的節目時，另有一把聲音唱著不同的調子，這就是世事。屬於獎學金得主的衣索比亞同學，他覺得不夠有意思。理由不問可知，那已經可以寫成一句歇後語：「非洲人參觀他鄉的動物園——怎麼看都不會滿意」。

二月年節下春雪

年一步步走來，有聲有色。一月中旬，熱帶人在上學途中發現數株枝椏像棉花棒，有毛茸茸一物包裹著。湊近一看，是冬梅的消息上了梢頭？幾天後，備考的熱帶人竟然耳聞三五鞭炮聲。到了下旬，凌晨四點起身溫習功課一遍，待要再入眠，卻有雨腳聲。出門經過樹上有殘雪之處，熱帶人還以為雨水將雪打落。不，原來星星點點的白跡子都是雨雪。

冬日抗冷之餘，還得防熱。大半個冬天過去了，熱帶人竟然將　盒退燒貼都快用盡。山頂小房是地暖主導，打地鋪的肉身直接受熱。開了瓦斯，地板下的熱水管熱起來，一室地板跟著暖和。常常，入睡之前以為溫度恰好，設定二十一、二度。半夜竟然有點輾轉，一身如架上的烤魚，卻又不敵睡意，難以掙扎起身。翌日醒來已經太遲，身上的水分似乎都被吸光，雙唇發乾，喉嚨癢痛。最後發燒了，此為「地暖症」（杜撰的病名）。

之前「약국」（藥局）一詞已經看過無數遍，終於必須踏入實境，他開始飾演異鄉病患的角色。服西藥，只是求病速去，完全符合工業社會講求效益的作風，等著一天天「慢慢好起來」，有白吃米飯之嫌。支付約莫兩千韓圓買兩盒藥回來，其中一盒的鋁箔注明「밤」（夜）和「낮」（晝），分早晚服用，藥力似乎有別（服用之後，果然如此）。錯服可能打瞌睡，就不能在白晝為社會繼續貢獻，那太體貼的標誌，難道以職場為主要考量？

拖著一月杪的「地暖症」進入二月上旬，病沒有告退的跡象，春雪卻來了。那一日正好立春，房中網絡故障，照例得拿著ipad下山當羅盤，以找免費的網線。下了樓才推門，一片毛茸茸，自十二月初見過幾場雪以後，熱帶人已經知道輕重，那是一場大雪將至。抱病穿巷出街，站一家咖啡廳樓下上網辦完事，他趕緊往小超市添購糧食回巢。

翌日醒來，門外有十五吋硬厚的積雪，上學的熱帶人一踩下，險些站不穩，底下似乎結冰了。沿途遇見鏟雪者，都對這些開路者說了一聲又一聲的謝謝。下山穿巷上學去，別人家牆頭伸出的枯枝也出示一道道甚厚的積雪。此是去歲入冬以來最大的一場雪，人們說今年首爾多雪。熱帶人不敢發出一語，心下這麼想：都怪他在第一場雪之前熱切盼望，老天似乎擔心有個熱帶人還看不夠，就下了一場又一場，而且一次比一次認真，都增加了分量。

有時願望未成倒是體貼，有時願望已償便是威脅，這是從小讀過的童話遺訓。所幸，熱帶人可以告訴自己：冬雪已經過去，眼前是有點不一樣的「春雪」，三島由紀夫的書名登場了。但，不管哪一季的積雪都會給人添忙，逼人下雪地勞動。慶熙大國際教育學院竟然動員行政處的女職員跟男校工一起鏟雪，可見已經危及生存。高級一班上完第一時段後有小休，老師領著同學們去打雪仗，發燒未退的熱帶人只好待在課室內飾演病患，繼續當人生的旁觀者。

幾天後，年關逼近首爾，已經是除夕了。那一日，熱帶人夜赴佛光山吃年夜飯，歸途入小超市買幾顆梨子，準備燉來治夜咳。除夕的地鐵站都是一夥夥外籍勞工的臉孔，單獨者稀，想必同個時候亞洲許多城市諸如新加坡、台北、香港、馬來西亞都在上演彼此呼應的畫面。首爾難得露出不為外人所知的一面，平時這些默默貢獻首爾市發展的異鄉客都躲在一角，終於享有可以出門的連假。

大年初一燉梨化痰，在家養病一日。到了初二中午，熱帶人已經是一條好漢，便出門去南山谷韓屋村沾點年氣。走在路上，他突然發現「過節」只是一種傾向，愛熱鬧者總是三五成群，過日子即過節，像他這樣素喜獨來獨往的人，節慶到了他這裡，就會被沖淡得跟平日沒兩樣。

出忠武路站，才上地面就碰見春天的顏色，街口有人販賣粉紅粉黃的棉花糖，乍看以為是一粒粒快樂的氣球。一波波人潮都湧入南山谷韓屋村過年，裡邊有五座較為雅致的韓屋，都是從境內各地遷移過來的，其中一棟有白色對聯作「一枕清風茶響細／半窗疏雨篆煙侵」，是昔日的斯文生活。褐色老木門上有應景的春聯，一樣白底黑字寫著「立春大吉／建陽多慶」，沒有紅色的奢華，顯得樸素清爽。那一日已經是「春寒」，卻還夾有冬風的餘威，韓屋簷邊掛著不肯滴落的冰溜，到處都有殘雪的塗抹。那樣的天氣，脫下手套要吃飯，都有點握不牢冰冷的銀筷子。

嚴寒之中，只有韓國的傳統尚未凝固，始終還是流動的血液。年初二那一天，南山谷韓屋村有人表演盤索里（판소리，韓式清唱），有人搗年糕，有人放白風箏，有人低頭打陀螺，有人拿著箭桿投壺，俯仰之間就是一幅迎春圖。還需等到十年以後，熱帶人才醒悟：這些當時覺得新奇的節目，要是搬去故鄉檳島的話，不就是每年都舉辦的廟會嗎？

門上的白色對聯。

你必須決定要成為誰

初春離韓之前，外國人登錄證不是可以收藏的紀念品，必須跟護照一起上繳，以示不準備延簽，然後接受那一卡被收回的命運。二〇一三年二月二十八日在仁川機場，他瞥見其一的櫃檯有個面目和善的老大叔坐鎮，手上就捏著二物，從一隊移往另一隊。

輪到他時，老大叔拿起單薄的臨時護照一看，貌似自言自語，說了一句：「馬來人」（말레이인）。也許應該正名澄清自己是「華人」（화인），但說起來便是一部移民史，他只好說聲「是的」。

下一步，老大叔又自言自語說，這護照是在韓國辦的，只好又答一個，是的。當然，櫃檯中人每天經手無數護照，早已是個識貨之人，知道那是一本快

逾期的臨時護照。對比了一下眼前人與外國登錄證的影中人，老大叔竟然說了一句，還是同一個人。他不能不笑，才一年，怎麼會變成另一個人呢？

在影視圈寫劇本時，常常擬完一部連續劇的故事大綱之後，總要為每個角色設計背景故事（background story），大至角色的往事（或者創傷），小至特徵、服裝、口頭禪等，都必須一一設想，才能讓他們一出場就血肉豐滿。

三十六歲赴韓前，他似乎清楚自己一離鄉，首爾就是一個角色要出場的舞台。他配一副粗邊黑框眼鏡，妄想那是一副有效的道具，可以幫他混跡於韓國。他從報章得知，東南亞人在韓國不太受落，染金髮漂白皮膚又是下一輩子才有望的大工程。他只能寄望於一副小小的眼鏡能夠創造馬來西亞奇蹟。

入韓以後，他仔細留意一段日子，韓國人似乎不作興配上遇光變成墨鏡的眼鏡。在日下出入，這樣的眼鏡有著不能控制的變數，碰巧要跟人打招呼，就會失禮。常常，從地鐵月台一步入列車，目光總往他這裡紛紛投注過來。他知道一切將不辯自明，待會「墨鏡」會慢慢褪色，還原為透明的鏡片。

幾季下來，稍微懂了一點韓語，熟悉了該走的路，他身上徬徨不安的氣息才漸漸消散。終於，有人（而且是年輕人）走來用韓語問路，他才覺得自己身上有了一層保護色，在首爾鋼骨叢林中已經擬態成功。然而，那一副惹眼的黑框眼鏡究竟有多大貢獻？

赴韓之前，入境登記卡有職業一欄需要填寫，他辭掉影視公司的職位，還能填寫什麼？總不能填寫「백수」（漢字作「白手」，無業遊民）吧？妻說，作家在韓國受到尊重，你就填「작가」（作家）。幸虧不必用中文填寫，凡「家」字的稱呼，只能是別人賞封，自稱便是自居，不是他這一輩的人可以做得出的事。

異國他鄉，他設定「作家」角色以後，逢人問起寫些什麼，只要透露是小說，就會聽見進一步的追問，寫些什麼小說，那就不好說了。後來，他乾脆改口說寫「여행기」（漢字作「旅行記」、遊記），聽者從來不細問，似乎都以為他旅韓是準備寫遊記。那是不錯的推測，他還可以出示幾篇發表在新加坡《聯合早報》的「旅行記」佐證。頂著「作家」的頭銜找房子，房產仲介說，知道你是作家，而且丟了護照，介紹費我收少一點。不論虛實，有個首爾市民願意禮遇「作家」，那一刻有誰不愛知書達理的韓國社會？

入讀慶熙大語學堂，國際教育院顯然不知道他是馬來西亞華裔，出生以後都會面對一個小悲劇：家人費盡心思取下的中文名，從來不會出現在任何官方證件，護照、身分證只有英文。一旦出事，記者往往來不及細究，倉促之間只能

根據英文名隨便「譯音」登報。當日，慶熙大不問漢字名之有無，就根據他護照上的英文名用韓文字母音譯。幸虧同鄉貢獻了意見，再根據漢字音取名「진지홍」，以方便韓國人稱呼。從此，那是他生命中的第三個名字。

起初，他不太將韓文名放在心上，因為韓國這邊的證件（如外國人登陸證）還是以他的英文名為主。後來，他才發現自己哀樂參半的韓國歲月已經離不開他的韓文名字，只要老師一喊，他就會應聲認領。如果名字等同身分，「진지홍」是他在韓的唯一身分。帶著一個新名字，他嘗試在韓國另寫生命的一章，而不是翻譯昨天在故鄉的日子。將來，如果韓國師長要是記起他，心裡恐怕也只會有他的韓文名而已。

韓文名有了以後，他還有不容易解決的身分問題，他早已請教同鄉以備應急，聽說得自稱「중국계 말레이시아인」（馬來西亞華裔）。五個學期下來，只遇到一位曾在馬來西亞旅居的班主任，他不需要解釋華人在馬來西亞的處境，對方都懂得；其餘時候，他不時會在班上聽聞「화교」（華僑），就不能不出口更正。韓國有華僑，像他祖父母那一輩，也不乏上世紀八十年代移民潮使然，而遍布五大洋的韓裔僑胞（교포）。也許這樣，韓國人習慣將僑居的觀念套用在他的身上。他已經是馬來西亞第三代華人，心中的祖國只有一個：馬來西亞。不管他

對黨國有多少不滿，都得表態一下誰才是自己真正效忠的對象。他不是昔日心繫北方的「華僑」，他已經根植於南方。

儘管祖國不曾善待中文書寫者，只承認馬來文書寫的作品才是國家文學，到了該為馬來西亞發聲時，他還是要讓世界認識自己的國家。慶熙大中級課本有課文涉及「無窮花」（무궁화）列車，那是韓國票價最便宜的火車類型。老師教到那一課，附帶一提「無窮花」（木槿花）是韓國國花，他覺得韓國人不能不有一點課外知識，便當眾補上一句「馬來西亞的國花也是同一種花」，班上的氣氛頓時轉冷。當然，韓國人對祖國一的花一草都充滿驕傲，豈會想到有個東南亞小國在分享能夠代表他們民族堅毅精神的好花？

然而，他終究有過不得不沉默的時候，因為要說明自己的多語處境並不容易。遠在初級韓語班，老師教完一些日常打招呼、致謝道歉的表達方式後，便要求各國學生以母語表達出來。輪到中年人，他一聽見「你們馬來西亞人怎麼說？」，只能勉強擠出一笑，卻久久說不出一句。顯然。韓國老師不知道馬來西亞的國情與華裔的處境，她似乎以為馬來西亞人都同文同種，像韓國人都說韓語。

她不會知道，班上的上海和台灣兩位同學已經搶先說了漢語，汶萊同學也

英語又是全班同學都能說的國際語言。搶先說了馬來語，不給他留有一點餘地。他還有什麼馬來西亞特色的語言可以拿來翻譯韓語的「對不起」、「謝謝」、「再見」？也許，他應該嘗試開口說福建話，但上海同學原籍漳州，台灣同學也會福建話，他還有什麼話可以說？那時，他才開始飾演旅韓大叔，卻已經在過分單一的韓國失語了。

學語

雪人模範生

三十七歲那一年的初春，他在韓國獲得模範獎。高一班主任一蘭老師告知，後天（二〇一三年二月二十八日）才會頒獎，他卻不能不感嘆，經歷了一年四季，日子終於要首尾相扣，到了二月二十八日，來韓恰滿一週年，他總算有點榮耀可以拿回國跟妻交代。只可惜，臨時護照即將逾期，他早已訂了二十八日的班機準備回國更新，不能陪高級一同學走到最後一天，也不能當面拿獎。

模範獎是什麼？那是掛得太高的蘋果，起初他並不知道有這種蘋果，後來知道了也不敢妄想自己能夠一手摘落。二〇一二年春季初級班結束時，班主任當眾宣布來自上海的同學獲得模範獎，並頒發一本書（中級一課本），一張獎狀，他才恍然大悟：哦，我以為只有小學才有模範獎。中級一班的高手都是日本同學，獲獎者卻是一位本科主修日語的台灣女同學，那是激勵人心的故事；中級二似乎是個日籍韓裔拿獎，卻又顯得理所當然。

中級一和二的升班分數都定得頗高，七十五分（事後始知）才能升班，只要稍微不努力，隨時留級一學期，就得多滯留韓國三個月，那會吃掉更多女兒的奶粉錢。所以韓語「受驗生」（수험생，考生）一詞總是令人心驚，他已經淪為必須接受考驗的一群。

語學堂評分以考試占百分之八十（期中考百分之三十，期末考百分之五十），出席分百分之十，態度分百分之十。考試有聽力、口試、作文、理解、文法與詞彙五張試卷，通常分兩天進行。期中考較為不人道，彷彿體能測試，必須連續考上四個小時，以完成四張試卷。每張試卷之間只給少許時間上個廁所，再歸坐考五十分鐘。除了作文，每一張試卷都有三十至三十三題，限時五十分鐘作答，答錯一題即失三、四分。

遠在初級班期末考時，他已經領教過：須在極短時間寫一長一短兩篇作文。初級已經如此，往後考試的日子恐怕都要跟時間賽跑。如果升班再考作文，只會要求更多的字數，下筆就必須不假思索，根本不可能臨場慢慢構句。

細究起來，造成書寫緩慢的其一原因，是韓語有太多不容易運用的助詞，都讓初學者下筆遲疑，手抄文章或許能培養一種快速的「手感」（或者語感）。於是他用電腦打格子，製作自己要的稿紙，到青雲館底層的複印店打印一整疊。從此山頂小房就是「抄經」道場，他在小食桌上攤開稿紙，將一篇篇課文抄在稿紙上。

手抄容易累，稍微一停筆，他不免要凝視紙上每個字，並叩問其意思：是「文法」還是「單詞」？待成功歸類每一個字，全文已經沒有語意含糊不清之處，他算是細讀了文章一遍。日子一久，透過特定的文法與詞彙組合，他還摸索到常用的特定句型。從此，只要將其中的名詞、動詞或形容替換，就能造出另一個句子來。他終於克服內心的恐懼，作文總算能按時寫完。

上完艱難的中級一，有幾週假期是難得的預習時機。他先買中級二的課本與作業簿，再添購一些文法書，然後擅自先將一整本作業簿的文法部分做完。如此預習，他對中級二課程已經心中有數，只剩若干疑問需要當面請教老師。他自以為減輕了下一季的學習負擔，其餘時間可以盡興追楓。怎料，中級二益發忙碌，有兩項需要費時上咖啡廳討論的組別報告，以及兩次個人三分鐘演講，都讓他在那一季少看了一些秋色。

私下，他早就不願意受限於課本，已經另開一條學習軌道，一邊手拿 ipad

查生字，一邊翻閱高於自己韓語水平的「閒書」。中學時代他已經清楚，所有課文都是只供戲水的小泳池，哪怕會被淹沒，他終究得獨自游向一片更大的書海，才會知道文字的世界有多遼闊。慶熙大的課文都寫得太規矩，真正的韓語不受拘束，可以千姿百態，其表現能力不遜於他學過的任何語言。

他持有一張學生證，多番出入圖書館，發現其中有寶：各大院校的韓語課本。不翻則已，一翻就覺得那些課本都在對他坦白一點：慶熙大的課本所教的文法太少，也不教慣用句型（像首爾大）。他常常借閱這些課本，以抄錄想學的東西，當作兼修多家之長。那些屬於一系列的課本很難齊全，總有人（究竟是誰呢？）快他一步借出其中一兩冊，他只能漫無期限地等待其餘的課本歸隊。

中級二有個讀書較弱的中國同學，大叔曾邀他一起溫習功課。顯然對方嗅到有點不對勁，那是一個未來的韓語老師，正準備要對一個學生授課的姿態，對方是個年輕人，怎麼受得了？彼此都還是同學，他已經好為人師，妄想爬上高一等的地位，那太傷人自尊。但，他有一肚子的文法分析，要是缺乏聆聽的對象，怎麼確定已經理解通透？

初級韓語有無數刁難人的助詞，是一盤不容易下對的棋子；中級有無數文法要記取，像中藥店必須熟悉的一排百子櫃，臨急才能抓對文法構句；最後高級的課文有越來越多漢字，那是對中年人有利的舊知，他終於可以開始占點便宜。於是，一蘭老師告知獲得模範獎那一日，還派了試卷，並當眾宣布全班文法和理解最高分者是大叔，至於作文與聽力最高分者，則是向來優秀的日本同學桃子姑娘。

那個冬季學期，他純屬僥倖獲獎。出色的桃子姑娘遷往新村一帶，冬季能夠按時起身已經不容易，還必須從繁忙的二號線再轉一號線，往往從老遠趕來上課，已經遲到了。慶熙大把關嚴苛，三次遲到等於缺課一堂。也許出席率是模範獎的評估標準之一，一蘭老師曾說，冬季出席率百分之百者只有大叔一人。但，沒有關係，到了春季高級二，桃子姑娘終將獲得模範獎，他只當一季的雪人模範生，春天就融化了。

模範獎禮物是一本注定來遲的高級二課本，他早已在青雲館底層的書店先買一本裝入行李箱，準備回國預習一遍。只有那一紙模範獎的證明，至今妻都會笑話說，年紀都這麼大了，才拿這樣的獎。也許，那一紙榮耀，是頒給晴雪不改走去上學的中年精神。積雪礙路時，他曾以為學校可望不可及，卻不能不告訴自己：要振作，一步步向前走下去。終於，他走到了。

外語會讓人願意說真話

剛來韓時，他以為學習韓語，只是語碼轉換。時日一久，才發現不論升上哪一個級別，都得從記憶裡邊搜出一些往事，以交換一種新語言的詞彙與表達方式。遠在初級開始，語學堂已經不能不寫小作文，題目都圍繞著個體的生命記憶，總會觸及身世背景，興趣、故鄉、父母、食物等。這些中小學寫過的題目，竟然在半生幾乎都要過去時，趁著他赴韓學習一門新語言，就紛紛要求上訴：從前都不算數，請用另一種語言再寫一遍。

也許，他可以選擇避重就輕的虛構，只挑學過的詞彙搭配簡單的文法，隨意捏造一篇作文交差了事。但，不知何故，外語學習者（包括後來的學生）總是特別老實，只願意為往事服務，彷彿寫了真人真事，就能培養真本領。就為了那一份據實寫來，他醒在凌晨亮燈，攤開黃色單線紙，手握黑圓珠筆，久坐小食桌前重寫往事。

作文呈交之後，他跟韓國老師之間有一種不言而喻的默契，彼此似乎都願意相信一點：這些作文裡邊都沒有虛構的容身之地。有時，老師會問，是事實嗎？他說，是事實。有時，他會不禁懷疑：這些以韓語書寫的心聲，都是獨居異鄉者在尋求外族的理解而費力寫出的「信件」。

有時，尚未下筆，他會先懷疑題目是否能夠成立。曾經接獲一個題目，要求寫「你曾犯過的錯」，乍看似乎要寫悔過書。當時，活到三十七歲的中年人已經不容易「認錯」，因為失敗是成功之母（韓語也有同樣的諺語：「실패는 성공의 어머니」）的話，所有錯誤終究引導人們走向正確。既然人間萬事可以隨心轉化，「錯」就不能算「錯」，已屆大叔之年者該如何下筆呢？

學了新文法以後，常常還需要當眾輪流造句，或者課後在簿子上造句，那是同學們（除了日本人）都不太熱衷的功課。有些文法是可怕的觸鬚，一伸出去，就會像醫生的聽診器，馬上摸著各自人生的得失。老師曾要求以「（ㄴ／는）다면」（如果說……的話），那是一個用以敘述事情不太可能發生（諸如幻想）或表達謙遜（諸如面試）的文法，他不想敷衍了事，也不想言不由衷，就盡

量往內心一挖再挖。這時，他才發現自己的內心一片荒蕪，不像年輕人有許多的「如果」。都三十多歲了，他早已認為人生是一條不歸路，不種植「如果」已久，還能收割什麼呢？

又一日，老師要大家以「았/었/였더라면」（「要是」）造句，那是一種表達事後回顧，而覺得「慶幸」或「後悔」的文法。老師不會知道班上有個中年人正啃著「不悔」之果，努力要忘記後悔的滋味，因為深知後悔無益。他更是個世故之人，盡量不抱任何「慶幸」，以免遭受天譴。心中縱有竊喜，都不想形諸於文字。這樣一個敬畏天命的中年人還能造出什麼句子呢？

最後，望了一圈班上的日本同學，他終究得承認自己的生命有悔，才能造句交差：「대학교 시절에 일본어를 잘 배웠더라면 지금은 일본 친구들과 일본어로 이야기할 수 있었을 텐데요.（要是大學時代學好日語，今天便能用日語跟日本同學交談。）」丟了護照，還可以獲得補發，他何其慶幸，卻不能太得意。於是，他寫道：「여권 사본이 없었더라면 신속하게 임시 여권을 발급받을 수 없었을 거예요.（要是沒有護照副本，就不能快速獲辦臨時護照。）」儘管無趣，卻句句實事求是。另有至深的人生悔意與慶幸，都是暫時封蓋的老井，他已經不想提起。

往後的日子，他總會聽見學生訴苦：老師，我不會寫作文，不知道該寫些什麼？寫不出作文，有無數原因：從小只顧著抄範文、不願意思考、表達能力差等。但，在外語初學者的世界，往事總是顯得太繁雜，手上擁有的文法與詞彙卻太微少，要表達時難免受挫。他似乎已經忘記自己在韓的處境，曾以輕輕一言打發：「你可以虛構。」可是，外語學習者總會迫不及待想要用所學來說點可以顯示自己能力的真話，大叔，你不應該忘記自己走過的路。

必須去韓國學韓語？

秋季中級班的老師指導議論文（논설문，漢字作「論說文」）寫作時，竟然發下「要學韓語的話，必須來韓國嗎？」作為題目，然後分組討論，以收集正反兩方的意見，才由一群外國人下筆作文。

乍看，那是一道不辯自明的命題，大家都付了學費、膳宿費等，在幫韓國發展經濟，心底不是隱隱相信要學（好）韓語必須來韓國嗎？轉念一想，他不能不替院方擔心，那是一道踩鋼索的危險命題，只要反方論據充足，辯論能力夠強，隨時會動搖韓國語學堂的存在，連老師的飯碗都砸掉。也許，院方（甚至老師）已經胸有成竹，認為反方一定處於下風，不管外國人怎麼說，語學堂始終是堅不可摧的堡壘？

抽籤結果，他跟另外幾位同學屬於反方，必須捍衛這樣的立場：要學好韓語未必需要來韓。組員提出一堆論點：人在韓國必須面對文化差異的適應問題、生活費高昂、與家人分隔兩地云云。不管提出的論點有多合理，只要有一樣東西不願（不能）觸及，即語學堂的教學方式，就是未能切中要害。然而，當著老師的面前，有多少人（包括他）願意去質疑語學堂的教學方式？於是，本應成為討論重點的語學堂逃過一劫，一道貌似可以討論的命題，卻變成沒有討論的餘地。

外語教學法大抵分成兩大類：（一）「直接教學法」，不用任何母語解說，以外語教授外語；（二）「間接教學法」，以母語解說外語文法，然後學習造句，才展開對話。慶熙大韓語班（其他院校也大同小異）從初級到高級，都完全「以韓教韓」，採用直接教學法進行，期待學生沉浸日久，能夠自然掌握韓語。無可否認，那些課堂常用的指令（請讀，請好好聽，請翻第五頁……），只要聽一陣都能上口。但，內心如有自己的意思要表達，就不能不靠「文法與詞彙」的掌握來培養構句能力。

不論韓國語學堂與（過去的）韓檢考試，都將「文法與詞彙」歸為同一組，同一張試卷。在初級班時，眼見班主任費時兜大圈解釋一個簡單的詞彙時，不耐煩者總是覺得虛度光陰，他不惜當眾冒犯，先用 ipad 查詢。那些用三言兩

句即可解釋清楚的文法，老師卻常常造出一堆例句，任由學生自行摸索用法（往往，用法還教得太少，「지만」豈止一個「但」字可以了得？）。日子一久，彷彿懂得的文法與詞彙，只要細究起來，始終有未明之處。

韓國語學堂本可以因材施教，按照學生的母語分班，先在初級階段採用間接教學法，培養了紮實的文法與詞彙根基，到了中高級階段才全面「以韓教韓」。不然，可以雙軌並行，每堂課的第一時段以外語講解文法與詞彙，並解釋作文的錯誤，第二個時段才用直接教學法，以增強學生的聽力和會話能力。不管實行哪一種制度，韓國學語堂都必須先廣納雙語人材，但人才匱乏也不是不能解決的問題，只是韓國人願意大量聘用懂得雙語（或者多語）的外籍人材嗎？

只要語學堂肯安置雙語人才，還可以在現有的五大技能（聽、讀、寫、講、文法與詞彙）之外，多安插一個新環節：雙語互譯。韓國人似乎默認翻譯對學習外語的作用，同鄉介紹過通曉日韓雙語的藤井麻里的著作，單舉其中一本《日語文法》（일본어 문법）為例，自二〇〇八年出版以後，到了二〇一四年已經十四刷。書中要求學習者反覆重聽錄音，並附有將韓文句子翻譯成日語的作業。為什麼韓國人卻不這麼教外國人韓語呢？

從中級班開始，身邊就不乏出色的日本同學，學習韓語像一架自動操作的翻譯機，只是發音有點不夠準確（韓語的尾音為難日本人）。日韓雙語同屬黏著語，共享同樣的語序、（大量的）文法、（許多的）詞彙，只要適當的點撥（有些助詞用法不同），日本同學本來可以走得快，卻被逼跟著能力不濟的其他同學白耗時日。相反，大部分中國學生的成績都不太理想，得適應韓語的語序，繁瑣的文法（尤其助詞），漢字詞的差異，一關關含糊地過。常常，還帶著許多未明，就得升班去面對更多的未明。許多韓語教材幾乎不曾邀請外國人參與編寫，自然未能先指出外國人常犯的錯誤，要自修也不容易。

「以韓教韓」的方針實行多年下來，不論哪一個年代赴韓的學習者，都會從語學堂隨身帶回來兩句可供談資的經典。當你要求韓國老師解釋文法，他說不出所以然時，就會拋出一句：「그냥 외우세요.（就背起來吧。）」有時，這一句打發不了外國人，還有下一句當作後備，可以用來嘗試安撫：「외국 사람이니까 몰라도 돼요.（你是外國人，不懂也沒關係。）」正因是外國人，大家才付費，要語學堂幫忙搞懂，不是嗎？

語學堂所營造的四個小時語境終究只是一個小溫室，外面的世界才是更為值得探索的大叢林。他赴韓學習另有一層意義，你已經將自己置於死地，不懂韓語，生活會有諸多不便。出了大城市更是如此，火車播報只給同胞明白，日常交涉彷彿小圈子，只接受共同的語言。因此，生活的迫切需要比單純的興趣（追劇聽歌之類）都更有十足的動力，你已經沒有其他語言可以當避風港了。

才討論完「要學韓語的話，必須來韓國嗎？」，翌日就發生一件小考驗，讓旅韓的中年人又勉強找獲一層意義。清早起來，他隨手一按，洗臉盆塞子就堵在排水口出不來。也許，他應該撥電話跟屋主求助，但事情太瑣碎，網絡可以幫上忙，就嘗試煮熱水一澆，塞子果然彈跳出來。昨天韓國老師說過的話又回來了：在國外生活，也是成長的機會。但，生活在哪個異鄉不是如此？

那時，在班上一群年輕人當中，處事（處世）笨拙的中年人聽後只有臉紅。向來，他都認為「成長」二字只供年輕人使用，過了人生某個階段，就應該「成熟」，不能也不宜再長了。赴韓獨居以後，他才發現一點：原來，「成長」不分階段，他還享有資格，可以受惠於這個詞彙。旅韓教會了他這一點。

又一春

在北國等著的最後一個學期

冬春兩季只顧著禦寒，二月最後一日步入仁川機場的廁所隔間，他脫下一層層衣物，才發現驚人的真相：褲頭太鬆，他已經瘦了許多，冬裝只是幫他撐面子。不想嚇著家人，他先發短訊給數月未見的妻，要她先有心理準備。到家站上電子秤，才獲得明確的數字：當初帶著六十七公斤入韓，只剩五十七公斤回國。肉體有點虧損，精神卻有無限盈餘。

步出吉隆坡國際機場，首先環抱過來者，是三十度高溫，同機韓國人喊：「더워．（熱。）」也許，身體終於獲得一份熟悉的暑熱，在韓久治不癒的夜咳卻在某日讓他恍然驚呼，怎麼已經不咳了？他給女兒帶了幾本童書回來，其中一本可以日撕一頁，再動手折點小玩意。那是一本幫他數算歸期之書，快撕完時就

是必須回韓續接讀書的日子，以上完最後一個學期。

在吉隆坡的某日午後，黑暗一寸寸往屋心裡邊退，窗外下起瀟瀟白雨，突地一聲轟隆，驚醒了暫時的歸鄉客。女兒喊了出來，他卻愣住：原來，雷聲也是鄉音的一種。除了夏季輕雷，過去在韓的一年，幾乎不曾聽見此久違的天地巨響。他似乎聽見故鄉說，你懷念這樣的聲音吧。

遠在回來吉隆坡之前，他早已不耐煩準備諸多文件（從國際教育院的販賣機打印「出席證明」和「在籍學生證明」，並跑銀行弄一份財務證明），以延續D4簽證，才會在出境時繳上外國人登陸證。他準備以旅客身入韓，好享用那一本護照帶來的九十天免簽福利。

春日再回到首爾，順利通關以後，一個識途之人踏入機場鐵道車廂，一個小時後下首爾站，轉一號線到回基站。一個月前離去的房間成為即將揭示的懸案，心臟終於讓人知道它的存在。沿著一條直路走經幾個大街小巷的路口，到了一巷右拐入老社區，他登上山頂小房按一組密碼。門開入內，地板上鋪有一層絨樣積塵，牆上的地暖開關維持著「외출중」（外出中）的模式。一個月前是下過春雪的日子，地暖不能不調至「外出中」，以防水管結冰。冰封的窗口已經能夠推開，一室都是甜柔的淡蜜色陽光，它有個新名字：春光。

韓國已經準備好第二春，他不過像由外回來的孩子，不必坐等廚房忙碌，燒好的菜已經上桌。過去一個月，冬天的遺跡已經慢慢撤去，他只是在故鄉轉了一圈，歸來便可以坐享春色。翌日下山出巷上高級二第一堂課，走在路上的賞春客發現有黃花伸出牆外，那是春天入目的第一枝，是迎春花開了。也許，春日天氣太和暖的緣故，還是他已經染上傳說中的春睏症（춘곤증）？課後竟然一睡不起，醒來已經燈火黃昏。從前在大學教《牡丹亭》，他只當杜麗娘春睏是紙上文字。

那一年春天充滿瞌睡又諸事癱瘓，高級二課程進度表遲遲不出，無從得知期中考與期末考的日期；馬來西亞第十三屆大選的投票日始終未定，只怕兩者碰在一塊。一切計畫高懸半空，他連想報名參加一場演講比賽也下不了決定。春日雨聲滴滴，做著熟悉的鋪陳，都在催花。聽著這樣的春天進行曲，一年前的記憶倒扣回來，他終於可以賦予那段時光一個名字：「去年春天」。

校園的白梅不管人間諸事，也不管貧困的北韓挾持著富裕的韓國在一起上演老戲碼，只依時序綻放了。校後有小池塘，冰融就是一池春水，出現了浮游的鴨子。四月中旬的一個週六，他回到學生蹤影稀少的校園，搶得一份先機，發現春櫻已經悄然登場，玉蘭花也開出一樹又一樹的璀璨。

四月十四日（星期一），花開的日子趕上只供單身者慶祝的黑色情人節，高級二班避開熱鬧的正日，翌日找一家炸醬麵專賣店一起吃「黑色食品」應節。原本，他是唯一資格不符者，年紀都比未婚的班主任還大，在故鄉又有妻女，可是人在異鄉他只有自己，所以算是「單身」。

一兩天後，幾乎都是春櫻的消息。大夥兒登上慶熙大生活會館的陽台一望，底下綠色已稀，到處一片片粉紅花浪。一、二月時，冬天雪似花，現在花似雪。才按下快門，他便發現歲歲花色皆如此，只要上網檢索一下，就可以找獲去年、前年、大前年的照片，他還忙什麼拍攝？他應該用肉眼記取，看，一看再看。

春櫻未作花海，校園已經有老師帶著小孩紛紛出遊。隨著花色一起登場者，總是「春遊」。高級二同學不能免俗，有了一年一度的自由出走，走出了課室跟春色一起留影。他瞥見草地上坐著一對青年男女，也許他們眼裡只有彼此，卻因為頭頂上另有盛開的花色，他們已經不是世間尋常人，而是一對花下有情人。從樹下走經，春櫻也有肯低就之時，垂下了長長的一兩枝，是將正茂的風華伸向人間。拍了下來，就是一幅春日圖直掛下來。

然而，春櫻花期卻碰上學生考期，花開可以補償備考者的勞心？還是考期已經令人無心賞花？校內出入口橫掛著兩道布條，一道題著：祝學子們期中考順利，但願大家一分耕耘一份收穫；另一道題著：第三十回韓國語能力檢定考試。

不久，老天似乎覺得應該要換一換布景，便下起摧花雨。但滿山春櫻都尚未開足，怎麼辦呢？難道，這春雨半是摧花，半是催花？也許是週六，也許因為是爛漫的春天，他難得八點才醒來。在韓一年，可以睡得不覺曉的日子並不多。他總是醒得太早，在黑暗中。

空氣中還有一份寒冷，卻可以冠上「春寒」二字，聽起來少了冬之凌厲。早晚溫差還大，一床棉被仍然不能折收。週日考完期中考，與同學吃過午飯，大家在校內賞櫻一圈，竟然還有餘興，便移陣到北首爾夢之林（북서울꿈의숲）席地吃草莓。但春風似乎不贊同露天取樂，一再舉起一把大扇子，五個人不能不走避亭子間。

一週後，四月走到盡頭。春櫻不是一整朵凋萎，而是以凌遲之法，一瓣瓣散落。這樣的花雪，從來只宜空中看，落地以後只能填磚縫。

枝上開始有了綠意，他入城走經昌德宮前，卻見停有一輛老舊的貨車，是個大媽在賣關東煮和菊花糕（국화빵），上面題著「三十年的傳統味道」（只是，從哪一年算起？）。起初，他沒有買的意思，趁著交通燈更綠就過馬路去，

然後站對街戀戀回望這一切。

那時，他心中突然冒起非常不該的一念：不會出事吧？這樣的一念才起不久，另一輛小貨車突然冒現，門開後走下幾條大漢動手拆布簾煤氣桶，大媽一疊聲喊我知道了我知道了。交通燈又更綠，給了他第二次機會走回頭路，那一輛負責掃蕩的貨車已經開走。事情之突發似乎很玄，但過去一年來，從來就不曾見過有人在宮前謀生，可見首爾市隨時取締。

被取締的菊花糕貨車。

大媽一邊收拾，一邊忙著應付來客，他也用兩千韓圓幫襯一袋菊花糕，是紅豆餡料（跟鯛魚燒味道沒兩樣，只是造型有別而已）。從來，春天只能看，只能呼吸，他卻在韓國第二春應景吃了一回「菊花糕」。他不能不感謝以身犯險的大媽，她似乎知道人們在春天的街頭都願意停步買她的菊花糕。

五月公假特別多，春櫻忙著凋零時，高

級二班則忙著提前在四月的週六補課。課後，大家一起吃午飯，一起吃冰淇淋，然後六個人當中不知有誰建議下籃球場。於是，三男四女，兩個日本人，兩個香港人，兩個中國人，一個馬來西亞人就先投球熱身。課業表現傑出的桃子姑娘一身茶色風衣，黑衣絲襪搭高跟鞋，都願意下場。二十年不曾碰球，中國同學看了大叔的身手，只說了一句，看你帶球，就知道你很少運動。

在櫻飛的空氣裡邊，混在一群青年男女中，他已經先知道：那是他在韓國的第二春，也是這一輩子的第二春。

活在戰爭休息的時空

首爾是記得戰爭的城市。上下深邃多層的地鐵，是國民日常必須的體能鍛鍊。戰爭爆發時，可以就近選個地鐵站投奔，那是現成的防空洞。從地鐵、商店、學校到私人大廈，處處都有可以充當防空洞的地下層，這一座城市早已備戰多年。二〇一二年，他曾在地鐵站瞥見這樣的廣告：一個短髮小女孩手握一束黃花，旁邊一片墓地齒列著長方碑，大字寫著：謝謝。小字部分則訴說祖父參與韓戰，沒有他的犧牲，也就沒有今日的韓國。韓國就像中國南宋的臨安，北方隨時的威脅促成南方這端奮發圖進，一片奇異的繁華景象。

上課時，老師派下一份關於韓國人特性的講義，第一行竟寫著：韓國人是世上唯一國土分裂的民族。這位韓國老師當然不會清楚，在一部分中國留學生的心裡，他們也會認為自己的國家有失土等待收復，所以「唯一」一詞必須小心使用，那可以是個有政治立場的詞彙。朝鮮半島雖然已經南北分斷，卻像韓國老師所說的：韓戰並沒有結束，目前只是休息時間而已。當時，全班聽後鬨堂大笑，戰爭怎麼也像我們上韓文課，也有休息時間？

後來，他才知道一九五三年七月二十七日於板門店簽訂的《停戰協定》（휴전 협정）只是中國軍方、朝鮮軍方與聯合國軍方簽定，這項協定並非國與國之間的協定。雖有停火協定以設定「三八線」（軍事分界線），從此分斷的南北之間卻未曾簽署任何和平條約。因此，南北始終處於戰爭卻又停火的狀態，所以二〇二一年十二月韓國總統文在寅才會積極推動「終結韓戰」。

二〇一二年春天剛抵韓時，一位異鄉客還不曾意識到自己抵步的韓國已經是個「孤島」（中間有北韓阻隔經由西伯利亞赴歐之路），他心裡只帶著妻的一句，你一定要去戰爭紀念館（전쟁기념관）。在韓國，展示和平之可貴，戰爭之殘酷，是創建「戰爭紀念館」以警世人的目的之一。此館介紹了歷代戰爭，其中尤以近世韓戰最為詳盡。出入口有個售票處，卻不見售票人影。據說，當初收費卻遭民眾施壓，只好變成免費觀覽地。

上下幾層的陳列室參觀下來，有幾件裝置品讓人止步，其中一件名為《淚

珠》（눈물방울），是以無數士兵胸前名牌堆砌成一顆掛在空中的「淚珠」，底下一圈沙池尚未接獲淚珠的墜落，卻已經先泛出漣漪來。戶外有二姝雕塑，手上各持一只圓盤鐘，姑且名之「時光姊妹」。右手鐘面的時間停在一九五〇年六月二十五日韓戰爆發那一刻，左手鐘面則還計算今日的時時刻刻。另一座名為「兄弟像」的雕塑，是兩個身穿軍服者各別腳踩分裂的拱頂兩端，那是戰場骨肉相逢的擁抱。

然而，這一切都不比那一道近售票處的走廊更撼動人心，只因那裡無聲勝有聲，兩旁一塊塊鐫刻滿名字的花崗石黑碑豎立著，行走其間不能不起肅穆之感，時而可見某些碑下擱有一束鮮花，那是韓戰與越戰陣亡者名碑走廊。

二〇一三年春天，他已經升上高級二，博物館裡邊的戰爭似乎要搬到現實上演。某日課後午睡，耳邊有聲，睡海浮沉者清楚是飛機聲，卻沒有一點起身的意思，因為知道是老戲碼：北韓來了。自開課以來，班主任已經兩番問班上學生，你們不擔心嗎。有個在中國當過兵的同學說，北韓只是在喊餓而已。老師又問，你們會不會離開，大家都紛紛搖頭，一時皆無去意。

耳邊還有北韓威脅的夜晚，他曾下樓去看一看市面。那是霧漫的春暖夜，嚴冬早已過去，苦夏還遙遠。乍望那一層薄霧，疑似煙硝，卻沒有一點火藥味。

穿過霧白的慶熙大校園，爬過一座山頭，再下山去到外大一帶的 E Mart 購物。推門入街角一家韓餐店點辣豆腐湯，只聽大媽在罵一個老人亂花錢。不久，來了三個巴基斯坦人，一個男人手抱一個小孩，大媽發現了生命可以寄托的新對象，就走過來逗弄眼睛奇大的小孩。一切似乎只要照舊，不露一點驚慌，便不會開戰，還是久被恐嚇者已經練就泰然自若的姿態？他看不出首爾有何恐懼。

翌日，聽聞班上來自中山大學的中國同學不堪父母一天兩回透過視頻催促歸國，終於屈服了。他的韓語語調模仿得極像韓國人，老師都不禁要讚美。然而，這樣優秀的獨生子，戰爭尚未爆發，卻已經決定先離開，太對不起這裡的一切。喝過這裡的水，不是應該休戚與共嗎？老師不說什麼，他心裡先替她覺得失望。

再過一天，老美派下定心丸，說不必撤僑，北韓只是搞一下首爾的氣氛而已；撤僑即中計，跟北韓「同謀」了。要是留者有所恐懼，也能從恐懼中獲得視覺上的回報，那一年四月入目的櫻花一定比任何時候都覺得綺麗。

校方終究委託老師派下一紙，要身歷其境的學生填上監護人和電郵，以安撫遠方不安的親友。他先說不必，還是填了妻的電郵，只因好奇校方信件的內容。老師說，高級班學生當然不會走，初級班學生都還小（也差不了幾歲），情

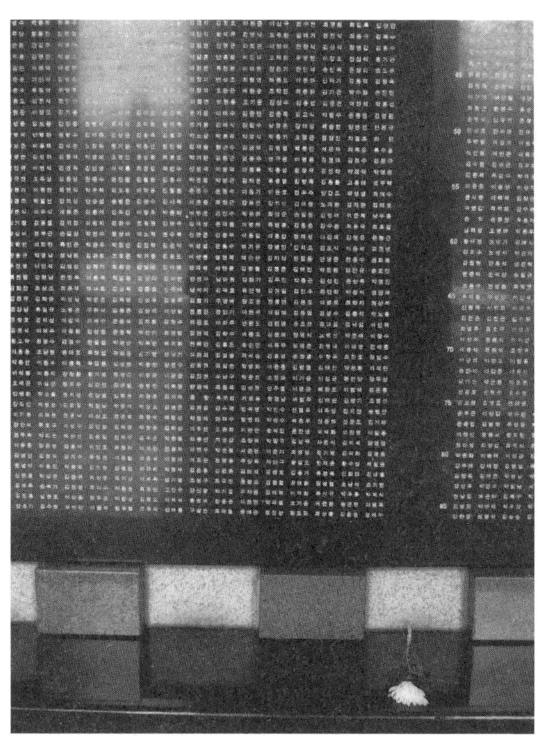

韓戰與越戰陣亡者名碑迴廊。

況就不一樣。但，留學日本、台灣不是應該先將地震的風險預算進去？

北韓已經不是新鮮的威脅，要來韓國就要算到有這麼一日必須在導彈下度日。要是對北韓的慣技無知，你就會活得恐懼。對年輕人來說，彷彿第一次才發生的事情，對中年人來說，那已經是重演。在不同的年代，他跟妻都曾被導彈恫嚇過，但誰怕老戲重演的北韓？

由狗帶路看怪象

生命是反諷的，越是要逃離的東西，越是會由後追趕上來，然後攔在前頭說：你非做這件事不可。二〇一三年五月屬於春夏之交，他告別影視圈已經一年多，在慶熙大語學堂一路順利升班，到了高級二卻聽見班主任說，全班需要分成兩組，各拍一部五分鐘短片，有獎可以拿。他心想：我不是來讀韓語嗎？怎麼又碰上拍片？那時，韓檢高級文法考古題他都做過，再翻一下慶熙大高級二課本，馬上知道不足之處太多，為什麼不規規矩矩多教一些高級韓語文法？

師命難違，他只好跟班上小弟小妹湊成一組，不務正業起來。年輕人覺得新鮮之事，他已經是重操舊業。從前在吉隆坡影視公司，他參與選擇題材，撰寫劇本大綱，討論分場，寫幾集劇本；這一回在韓國卻晉升不同身分，是「總監

督」（총감독）。

短片是有聲有色的藝術，容易成為借題發揮的管道。高級二班主任不會知道自己已經點著火頭，就要燒到她的同胞。在韓國生活過的外國人都有一肚子的話想說，大叔建議拍一部敘述韓國怪象的短片，組員無不躍躍欲試，人家的靈感都不請自來。

只是，要突顯韓國人習以為常的「怪象」，不能不從特別的視角出發，才能表達一份外國人的「大驚小怪」。組員裡邊有一男一女，都是來自夏目漱石《我是貓》的國度，他建議以動物的視角出發，他們都不難明白。只是，在韓國拍攝此片，必須翻出一點新意，他只好捨貓取狗。據說（後來再查詢，不正確）狗的視野以黑白為主，全片的基調跟著定了下來，那應該是一部深沉的黑白片。

大家一致同意題材和拍攝手法之後，便得針對自己要表達的怪象用韓文寫點對白，然後給這一部片子取名《어머，세상에》（哦，天啊），才呈交給老師批改。所有參與編劇者必須身兼演員，然後「自食其果」唸自己寫下的對白。只有他覺得非專業演員唸對白是生硬又刺耳的噪音，會破壞整個畫面的呈現。所以，一部黑白片到了他演出的部分，進一步轉為只有動作與字幕的默片。

這是國際小製作，由一名中國人，兩名香港人，一名馬來西亞人，兩個日本人組成陣容。班上兩組分頭拍攝之餘，卻容許互相借調「演員」，製作部分還可以「外包」。他完全仰賴妻來韓念書的學生 Mark 幫忙掌鏡和剪接。Mark 是大眾傳播系出身，知道要狗眼看世界，一切必須從低視角拍攝。

於是，螢幕上出現一隻有潔癖之狗（由於製作預算有限，真狗又不容易控制，只能拿絨毛狗應急），趁著主人未曾將家門掩緊，就溜了出去。牠這一走就是淪落民間，只能在人腳叢林中出入，一路都是韓國怪象滑過。過去這頭狗養在深閨而不諳世事，這時終於有了天大的發現：人間太髒，都是垃圾紙屑，都是隨地吐痰。

剛來韓時，他已經發現：韓國人儘管是舉世聞名的愛國者，每天卻有無數人以一口口痰回敬自己的國土，那不是辱國嗎？（他總是想到不全然直接有關的韓諺：「누워서 침 뱉기」，躺著吐口水）。那時，做了一次不太討喜的演講後，初級班主任卻說，只有大叔才這麼做，我們韓國人也討厭這些大叔。

觀察日久，那位班主任顯然把話說得太客氣，吐痰已經是韓國的國民惡習，不分男女老少，只是大叔仍屬較為常見的一群。曾經有一個冬日，上學途中恰逢一名衣著光鮮的大叔迎面走來，只聞清喉嚨聲的「呃」拉到頂點，然後一口痰往地上吐。這位大叔自有滅跡之法，用他發亮的皮鞋磨一磨地面。怎知課後又逢一位大叔「呸」一聲，記憶中又多了一位飛痰客。

於是，那一隻小狗不能不心驚，在韓國國土隨時踩著痰跡。牠一路奔跑到公園一角，卻見白晝有男人躺臥石椅上。牠走近一看，地上擱有酒瓶，那是怎樣的一種買醉人生？夜裡拍攝需要打燈，那是太大的動作，只好處理成不太寫實的一幕：白晝酗酒。韓國人儘管夜裡豪飲，白晝還是照常返回職場工作。演醉漢者只能是大叔，他即便在最清醒的時候，都有三分似醉的糊塗。

切換到下一幕，由日本桃子姑娘與香港同學凱月扮演的高跟鞋女生登場了。她們一起走往一處坐落，拿起 ipad 分享二〇一三年韓國小姐選美賽的新聞。她們發現韓國佳麗千人一面，似乎是同一家整容所的創作。韓國整容風之盛，連地鐵站都公然貼著廣告，慶熙大中級一還有課文提到「初印象」（첫인상，第一印象）。雖然全文不曾提及整容手術，但他讀了還是一陣心驚：一個太注重第一印象的國家，是會忘記「身體髮膚受之父母」的儒家遺教。

進入初夏六月，班上舉行短片頒獎禮。儘管只是一份作業，高級二班主任還是煞有其事拿紅地毯鋪地上，入班的學生都得象徵式走一次。那一刻，人生更像戲了，他尚未演完「旅韓大叔」一角，怎麼已經先預習走紅地毯？

班主任宣布他獲得「最優秀監督賞」（최우수 감독상），獎品是一張紅紙

黑字的證明，一支螢光筆，一瓶橙汁。香港組員凱月也獲頒特別獎，他只是占個虛名，都虧凱月執行比較多。夏日夜短，破曉總是來得早，他在那一日的凌晨四點半已經自然醒，只好先擬一份得獎感言。不是篤定會拿獎，而是必須擔心果真獲獎，未能好好致謝。

只有兩組競賽，本應「你死我活」，老師卻容許將自身的組員借出去。結果，心在這邊卻在另一組演出的日本男同學獲得最佳配角獎。那一年春季，這位總是穿著深藍外套的日本男同學，來韓不久就病倒多天，老師只好派班上的日本同學去探訪。過後，碰上匆忙的補課，參與課外拍攝之類，這位日本小弟真正可以學習的東西似乎不多，一個學期就隨著春天過去了。

要是用著自己辛苦儲蓄的錢來韓，而且這輩子只來一次，這位藍外套日本同學會怎麼評價自己上過的高級二課程？還是，他會像大叔一樣，到了人生某個階段就會釋懷，終於不介意用一些高級文法去換取一些參與拍攝的回憶？

日子已經是倒蓋的沙漏

也許，從二〇一二年剛抵韓那一刻開始，時間便是倒蓋的沙漏，在數算他的歸期。只是，沙子還剩多少，誰都不會清楚。二〇一三年二月買了六月十四日的回程票以後，歸期已經以天計算，沙子都是珍珠了。他的睡眠跟著變少，人彷彿為了多看韓國幾眼。準備離去者，環視山頂小房一圈，不能不有點吃驚：才一年多，他已經累積了一些家當。

殘酷的分類不能不進行：不能找獲接收者的東西即將失去日常功能（枕頭、被單、床褥、小食桌、坐墊），馬上淪為「垃圾」；丟之太可惜者，必須另覓新主人的收留（故鄉已有的韓語文法書）；有些在韓已經用不著的東西（秋冬裝、韓紙燈、學校作業），必須先走訪一趟郵局買紙箱海運；剩下都是享有特殊待遇者，必須隨身坐同一個班機回國（筆記、日記、文學書）。

剛來韓時，他已經知道垃圾從量制（쓰레기 종량제），丟越多垃圾，得付費買越多垃圾袋。起初，他只肯買白色垃圾袋，以裝下紙張、塑料品等。要吃水果，得另外買黃色垃圾袋善後，獨居人士能吃的水果不多，垃圾袋未能塞滿就得扔掉，太不環保。於是，他比較願意從韓餐小菜攝取體內所需的纖維。

夏日，搬去只隔幾條街的山頂小房以後，他手拿一個白垃圾袋下山當樣本，只聽便利店大媽告知，你得買這一區的垃圾袋。原來，才相隔幾條街，他已經算是遷居另一區，剩下一堆未能用盡的垃圾袋，只能淪為另一種垃圾（當時就是不曾想到可以送人）。這時，他才發現垃圾袋上有注明地區。

住山頂以後，可以預期一段時間不必搬家，他活在一種短暫的安定裡邊，終於開始自炊生活（자취 생활）。一動手煮麵，他的世界就有了廚餘。醒得早，他還會吃點香蕉療飢，黃色垃圾袋跟著現身房中。漸漸，走訪小超市時，他不光要買東西，也得買黃白二色垃圾袋。店員問要多大的垃圾袋，他總是說不出，對方就問：一個人住嗎？是的，難得有人嗅到一股孤獨（還是孤僻？）的氣息。他充滿感激地點頭，對方摸找出只供一人使用的小垃圾袋。

退房之前，有大物件需要費思量。其中一樣，是女兒來韓使用的嬰兒推

車，輪子與骨架都歪了，卻久久不知該如何丟掉。急中生智，想起山下有家小超市，是可以求助的現成對象，他們不是日復一日都要處理無數種類的垃圾？自夏季開張以來，偶爾歸途會入內光顧一兩樣東西，早已跟收銀大媽混熟，可以寒暄數句。有一次，見他的錢包鼓脹，大媽還要他將銀角悉數倒出，幫忙換成紙鈔。二月杪短暫回國時，他已經不好意思不交代一聲，否則顯得無故失蹤一段時日，或者被誤會光顧另一家超市了。他透露得回國一個月，獲得了一句笑盈盈的「一路順風（잘 다녀오세요）」。

那一夜，他下山求助，大媽告知，要丟的東西都拿來放便利店前即可。之前以為要費一番周折，甚至付費處理的東西，竟然只要一句話即可解決。沒有漫長的告別，只有轉眼的消失。他連夜一件件搬落，翌日下午再經過，這個城市已經幫忙吞掉一個中年人製造的「垃圾」。

剩餘的日子，房東會帶人來看房子，午睡已經不能放心，隨時有門鈴的突襲。來看房者鮮少入室，只站小玄關一望，即知房間大小。常常，都是二十上下的韓國年輕人，會跟房東煞有其事商討要在這頭擱床，那頭放書桌。才多大的一個斗室，怎麼會動念要擱床？他不是做了最好的示範，在繼承韓國人打地鋪的傳統？顯然，是他這個外國人太守舊，韓國的年輕人都忙著西化了。

專用垃圾袋。

六月初，裝箱的東西不能不拿去校內郵局，他身穿長袖衣背著一個書包，胸前用雙手捧著一箱十九公斤的紙箱下山去。途中不能不停歇數次，汗水已經濕透衣面。其中一段路，眼見一家考試院前有個石墩，一個大媽已經準備要就坐，他卻飛快一個箭步，搶先將箱子擱落。在一個特別敬老的社會，他知錯犯錯，大媽的臉色驟然一變。過後，這位大媽站一旁，冷冷地說，你把箱子裡邊的一部分書拿出來，放入書包，不就可以減輕前面的重量，你沒讀過書嗎？

數語驚醒書呆子，他只好當街開箱搬書裝入書包。他道了一聲謝，大媽卻別過頭去。慶熙大韓語課本曾這樣教過外國人：韓國人有時不擅於發達感情，越是對他道謝，越是可能沒有回應。中年人卻寧願這麼想：都要跟這一座城市分手了，他不應該再獲得任何好臉色，眷念總是妨礙離人的腳步。

你不知道的菜色還多呢

所有故事走了一圈，終究會迎面碰上昔日的當初。他瞥見冷麵端上桌時，那已經是一碗時隔五年的往事。二〇〇八年初會妻時，她在吉隆坡韓人區名為「大使館」的韓國餐廳點了一碗冷麵，不曾見過太多世面的中年人半生都是熱食者，一見不鏽鋼大碗有梨片、冰屑與麵堆在一塊，遲疑了一陣，放下自尊問一句：這是什麼東西？

二〇一三年五月，首爾已經入夏，是吃冷麵之季。春來春方去，他已經在韓國待了一年多，還剩一份短片功課，一個期末考就得收拾回國。不想，某日週六拍攝短片完畢，日本同學領著一行人走入街角一家小專賣店，那裡只能點冷麵。一吃方知昔日的自己辜負了美味，這時耳邊響起一把得意的聲音：隔了五年，你終於懂得欣賞這一道麵食。但，他已經虛實難分，也許準備要離開一地，不自覺有了留戀，凡事才會覺得美好？

臨別飯局一多，就更坐實他是個準備離開的人。吃完冷麵的翌日，他受邀上不丹小弟家，尼泊爾朋友當陪客，一起吃頓晚餐。那時恰逢尼泊爾朋友的祖父以一百一十歲高齡去世，儘管是喜喪，他還是得茹素一週。他帶笑說，過去尼泊爾常因電流不足，晚上便停電，一度國民生育率激增；政府發愁了，只好白天停電，卻熱得國民們辦不了工，大家都想移民。大叔問這位尼泊爾朋友，你在韓國不怕種族歧視嗎？他說，身為印度人，我在尼泊爾也常被叫滾回印度去。

那一晚，桌上仍是那一道不丹家常菜「起司燉馬鈴薯」登場。見有一位馬來西亞大叔前來，不丹小弟只好下手稍輕一點，他跟尼泊爾朋友都是吃辣高手。中年人沒有廚藝可以還席，只好趕緊約在翌日期末考以後的黃昏再聚，他在韓的日子已經沒有「改天」了。兩人在慶熙大前門見面，再轉去打包兩人份炸雞回山頂小房。途中，不丹小弟一瞥見小超市，堅持要入內給大叔買點飲料，他說自己是來自不願意空手登門的民族。

有客來訪，大叔撤了房中的電腦，搬出那一張備受委屈的小食桌放在房中央，以還原它該有的用途。這一張小食桌久被罰當書桌，由著筆記型電腦重重壓住幾乎一年，從來不曾折收過。兩人面對面席地盤坐，去年春天一起上課的日子已經可以在笑談中追憶了。過去，不丹同學一直嚷著說想要參觀大叔之家，終於，趁山頂小房尚未解體之前，就在一個黃昏帶他來做最後的見證。

回國前兩天，同鄉約在光化門站一號出口見面，要一起在首爾吃平壤菜。那一年四月起，南北重演對峙老戲碼，雙方原擬在六月十二日重啟會談，卻在前一天因為北韓當局鬧人選級別不對等而「霧散」（무산，告吹）。然而，時代風雲無改兩人之約，只成為方便記憶的一個日期。

在平家屋（평가옥）選擇席地而坐，他點溫飯（온반），是以雞湯底做成的湯飯，同鄉點平壤冷麵，另有一道共享的綠豆餅是一物二名，韓國稱之為「빈대떡」，北韓則稱之為「녹두지짐」。上桌的三樣小菜（泡菜、醃黃瓜、水泡菜）都偏向清淡，主菜入口微妙，舌尖不留一點痕跡。正是那一份不可捕捉，才讓人覺得味道是不能帶走的，只能一再回來原處品嘗。

高級二班早已散了，還有一些同學繼續旅韓深造。有一位日本同學自稱是富家子弟，邀請大家夜裡到他打工的二樓咖啡店。他一身白衣黑褲，繫著黑蝴蝶結走來，請了大家喝點飲料，再一起拍照留影。到了他要搬家時，大叔跟一位朝鮮族和一位當過兵的長春同學一人幫忙手提一物，從慶熙大宿舍走到日本同學即將遷入的考試院樓上。初夏的街樹已經長出新綠，大叔不禁覺得那是一份時代恩賜的幸運。差一點，要是生不逢時，四個人都是戰爭的敵人，要寫入歷史教科書。

在韓的最後兩天，山頂小房早已清空，只能入住朝鮮族同學的宿舍。朝鮮族同學睡上鋪，他睡下鋪捧讀李文烈（이문열）的《天之路》（하늘길），夜裡買零食一起下酒。歸期一到的中午，長春同學來幫忙拖行李，到了街角韓食店吃一頓「半雞湯」（반계탕）。才吃完，他馬上後悔：本屬廣東人所謂的「多屎尿」者，要從清涼里坐一個小時的機場大巴到仁川機場，怎麼還吃這個呢？

然而，跟兩位同學坐上了計程車，他又有了不同的想法：從前只知「參雞湯」，原來還有「半雞湯」，這算是吃一頓，撿一個詞彙。這時，韓國回應說：大叔，你不知道的菜色還多呢，改天再回來吧。

下台之前必須先上台

走下韓國的舞台之前，演著「旅韓大叔」的中年人必須先登上慶熙大的舞台，才能完美謝幕。如果大叔旅韓像（是）一部戲，縱有怯場的可能，他都必須親自擔綱上陣，那已經是最後一場戲了。

過去的人生歲月，他都只等一個推手：有人提名，那就毅然上陣。只是，誰會聽見他內心的呼訴？慶熙大高二班主任比他年輕，從前主修俄語，熟悉十九世紀俄國文學，去過莫斯科和布拉格，算是平時談得來的對象。高級二要結束時，她問全班有誰願意上台代表高級二畢業生致辭。一見無人回應，當即轉頭問中年人的意思，並補上一句，給你時間考慮。

那一刻，他心存數十載的感激，終於可以用上。也許班主任已經嗅到有人蠢蠢欲動，或者在長幼有序的韓國，他的年齡已經是一種資格，可以享有優先權？小學階段，他曾是默默坐等的小男孩，心下期盼別人能看穿自己的渴望，點他上台參加演講、唱歌比賽。終於，韓國給了他這樣的恩賜；要是表現不好，世故者還可以在心裡推諉：是別人選中了他。這一回，他同時獲得下台階。

他笑著對班主任說，再考慮的話，我可能會拒絕。他太熟悉自己，常常得這樣對付自己：先置於死地，逼著自己去實踐一件事。過去每個學期末，都得集體坐台下參加「수료식」（漢字作「修了式」，結業禮），他眼見有人登上慶熙大的舞台發表感言，心下已經暗許一願：離開之前，一定要走上一次，用韓文說幾句話。如今，機會落在手上，他的身體已經迫不及待要工作，凌晨四點便起身擬演講稿。也許，他應當代表全體高二生致辭，但不管說些什麼話，他終究只能代表他自己。畢竟，有誰可以真正代表自己以外的其他人？

只要面向大眾講話（課），他都希望可以給一座禮堂帶來一些笑聲，才不會辜負台下。所以，演講稿不能太嚴肅，必須是有趣的自嘲文，他本身的人生際遇是現成的素材。這時，他不能不感謝自己的旅韓歲月可以「大叔」之名行事，那是曾給班上稍微帶來歡樂的稱呼，幫了性格有點古怪刁鑽的中年人融入人群。

在韓國當個年長生，是人生大風吹的結果，讓他換個位置就坐。在馬來西亞時，他曾經站在老師的位置，教過歲數都比自己大的在職生（通常是中小學老師），有些還是祖母級人物。年長生的特點：有時會問些老師回答不了的難題；比二十歲年輕人有更強的自尊心；未按時呈交作業，甚至討價還價字數的多寡；嘴邊常牽掛著「忙」、「累」、「沒精神」等。在韓國，他終於有機會將一部分年長生的特質發揮出來。

課業表現不如預期時，耳邊總是響起兒時父親說過的話：你只是努力，不夠聰明。他似乎不曾真正長大過，隨身帶著一份自我懷疑至韓國。三十歲後半，更有理由相信記憶力已經不站在自己這一邊，「努力」這一帖藥就要失效了。然而捨掉「努力」，他還能對自己用什麼藥？常常他一邊備考，一邊看著女兒的照片，想到南國有個小生命也在學語階段。將來是不能算數的承諾，眼下這一刻還能讀書，算是處於生命的黃金期。他不能不立個榜樣，力拚到底。

擬完講稿，先由著班主任批改一遍，他才開始練習，有幾個涉及變音的字眼就跟同鄉確認。上台那一日，他提早到校，班主任領著他去輔導室陪同練習兩次，以確認語氣應該停頓之處。他曾想過根據現場的氣氛脫稿演講，但這世上也不乏唸稿成功的例子，何必逞強呢？

練習歸練習，還不曾發表演講，一上台就得應付變數。那一日致辭之前，校方要他穿上畢業袍，他還不知道在中國學生眼裡，那是一份殊榮。班上中國同學透露說，只有在慶熙大從初級一念至高級二的學生，才會獲頒一紙文憑（Diploma）。這時，他不能不想起去歲春天，他在面試時被打入初級班重新開始。原來，後頭還有一紙文憑當作補償。

只是，他必須套上過於寬鬆的畢業袍，那太像不稱身的戲服。他在接文憑時擺了一個烏龍，惹得全場大笑。那一刻，他心裡倒是輕鬆下來：人尚未說話，先演了一回喜劇，大家心中已經先存有一個笨拙糊塗的大叔形象。到了該致辭時，他脫掉那一件累贅的畢業袍。

他這樣開頭：「眼下，站在各位面前這個男子，韓國年齡三十八歲，四年前結婚，育有一個三歲的女兒。從初級到高級二學習韓語期間，班上的同學並沒有一人比我年紀更大。因此，同學常稱我為『大叔』。如此的男子，就這樣在競爭強且物價不斷高漲的韓國活了過來。這跟奇蹟沒兩樣。」一聽見「大叔」一詞，一陣笑聲傳來，他知道台下開始入戲，就有了幾分放心。進入較為嚴肅的部分時，台下完全沒有聲音，那已經是傾聽的姿態，他只需說完，即可下台。

一說畢，他聽見了掌聲，知道在特別響亮之處坐著熟人。下台以後，桃子姑娘當面讚賞，你比任何時候（跟平時報告相比）都說得好。桃子姑娘向來課業表現出色，能夠獲得她的讚美，彷彿又獲頒另一枚無形的獎牌。只是，這個致辭的機會不是更應該屬於桃子姑娘嗎？也許，在世間獲得的每個機會，其背後都有人犧牲，都有人相讓。

如果大叔旅韓（是）像一部戲，最後一幕的演出總算圓滿完成。也許，一年多下來，演「大叔」者已經太入戲，不然就是準備離韓的人老早警告自己：大叔，都已經是最後一場戲，那就賣力一點吧。

大叔韓語課

「來日」（내일）方長

平時說著「내일」（「明天」的意思），從不細究，直到有個下午，他才發現漢字作「來日」。現代漢語已經由著「昨天（的日子）」和「明天（的日子）」，漸漸取代「去日」與「來日」，只有韓語還保留著從容的「來日」，由著日子慢慢走過來。我們的「明天」似乎太迫不及待，天未亮就算數。

您是韓國人嗎？

（一）

遲疑了一下，他終究趨前跟那一張熟悉的臉孔打招呼。對方化淡妝，點紅唇，手拖一個小行李箱出現在候機室。開餐館者不可能記得所有客人，他還是用英文說，您好（韓語），老闆，我曾到過妳開的餐廳，現在打算去首爾念書，妳準備回去哪裡呢？生意人到底見慣場面，先是一臉錯愕，很快又恢復鎮定，帶笑報上一個地名，「진주」（晉州）。

二〇一一的下半年，人還在影視圈，常常伏案寫稿至深夜，就會跟妻驅車去吉隆坡韓人區吃夜宵。不久，兩人竟然吃出一個宏願，要充當米其林在馬來西亞的先鋒，不時換一家餐廳，以吃遍韓人區再品評。由於計畫龐大，吃到一家名

為「母親的手」（엄마 손）的二樓餐廳時，他已經決定赴韓，「吃遍韓人區」的宏願漸漸失去意義，只顯得無聊。畢竟，赴韓以後，韓餐即家常便飯。

那一夜，在「母親的手」點部隊火鍋，米酒卻先送上來。本來離愁已經暗生，一空腹喝下米酒，一股巨大的悲哀就漫上喉。他覺得太對不起眼前人，得離開她，得離開女兒，一時聲與淚皆失控。

於是，在候機室遇見餐廳老闆時，突然有一陣不可思議之感，怎麼就這麼巧呢？她的出現彷彿一種提醒：一個離鄉客正碰上一個歸鄉客，彼此的身分對調著。一個客居吉隆坡的韓國人已經要歸去，另一個馬來西亞人才要啟程前往首爾。

（二）

起初，他是個有計畫的人，以為可以掌控旅韓時間的長短。他曾照首爾大語學堂的學期與假期計算，準備騰出生命中的兩年。但，轉校到慶熙大跟獎學金得主一塊上的初級班，卻是兩學期合併為一，縮短了上課時間。甫上完初級，只休息兩天（說長一點，「一個週末」），他還來不及享有可以預習的長假，又爬上中級的階段。逗留首爾的日子一縮再縮，旅韓時日已經由不得他控制。七折八扣下來，最終只得一年三個多月。

由於手上預算有限，平日的活動範圍只限於首爾地鐵與巴士系統的布局。二〇一三年六月初，他注定只能帶著一些未竟的計畫離韓。那時，他已經走訪過京畿道的多座朝鮮王陵，獨有世宗大王（韓文字創制者）的英陵（영릉）因為風水禍累後代問題，遠在一四六九年已經從江南區遷陵至偏遠的驪州（여주）。在慶熙大求學時，他拿得出高速大巴車票錢，也拿不出一整天的時間。還是，當年他不自覺保有這一份遺憾，以便有朝一日可以回頭再擁抱韓國？

二〇一六年春天四月中旬，他終於在江南客運站登車，花了一萬四千韓圓買往返驪州的車票，到站以後又花四千兩百韓圓雇計程車前往，英陵的門票卻只需區區五百韓圓。從一端步入，走了一圈，再出來時竟是陵墓的另一端，不復來時路。那一日，回程站寂然的路邊招車去神勒寺（신륵사），碰上一位口齒不清的計程車司機，問馬來西亞熱嗎，怎麼一個人來韓，不帶太太來。最後，司機先生遞上一張名片，他不知道車中的乘客這一日已經完成使命，用不著了。

過去在韓的日子，除了討論小組作業，果汁主義者如他幾乎不太願意泡咖啡廳。幾次爬上仁川老街區的應峰山（응봉산），都會步經一家外牆漆白的咖啡廳，隔著玻璃門一窺，裡邊似乎有著面向港景的座位。他始終不曾推門進去，直

到二〇一六年春天帶朋友赴韓，心裡總是希望別人跟他一樣愛上這一座港城。

那一年，春櫻已經幫忙妝點仁川的門面，經過那一家咖啡廳時，他覺得需要進一步說服（寫作與授課不也如此？）別人，便進去點一杯黑咖啡。坐了下來，才發現陽台上有許多真假難辨的花木，望出去只可以分得一小片的海。

店主是一位上了年紀的枯瘦女士，站著跟兩位客人談話時，卻冒出決絕的一句：「전 결혼 안 하는 사람이에요．（我是個不結婚的人。）」韓國人對於「成功」與「幸福」的定義本來就不廣，能容得下這樣的不婚主義者嗎？往後的歲月，他的心眼總會浮現這樣的畫面：在一座港城的山頂咖啡廳裡邊，有一位女士寧願站看千帆過盡。

二〇一六年春天回韓，是一場十六天的補憾之旅。春雨連綿的一日，他下在冷清得店鋪都關門的八堂站，登上六一七號巴士去廢棄的陵內站（능내역）。他一人包場聽雨走動，在候車室坐望了一陣牆上的黑白照才離去。沿著巴士教導的來路走，都是一幅又一幅春雨沖洗得特別明晰的鄉野美景，卻只有他一人打傘細賞。半途聞聲轉頭，是巴士搖晃著身子，他站住揮手。才坐上不久，又見車窗有美景滑經。心中暗呼了一聲，似乎隱隱有悔，人卻已經不願意再下車，這不就是人生嗎？

那一個下午回到首爾都心，他終於肯付一萬韓圓踏入梨泰院的三星美術館Leeum（삼성미술관리움）。書包得寄放，保安冷酷森嚴，彷彿黑手黨總部（純屬比喻），遊人精神繃緊。裡邊的藝術品不按年分朝代，只以古今並置的方式排列，不免令人想起過去誠品敦南店曾將外國作者原著與譯本並排一塊，都是屬於有創意的處理。他是圓了造訪之夢，卻發現久慕的三星美術館不是一場美夢。

利用首爾之地利，他做過兩次的一日往返之旅。他去過火車站坐落於市郊的群山（군산）市，面海老街區有無數日式屋宅，近代和風西洋建築，都曾為昔日的日本殖民服務。大街人稀，稍微停步張望，會有計程車停下招客。走著，他竟然跟婚前夜裡獨看電影的歲月相遇，碰見了曾是《八月照相館》（8월의 크리스마스，一九九八）拍攝地的「草原照相館」（초원사진관）。儘管一家韓食店貼有烤鯖魚搭配滿桌小菜的彩照，上面已經寫著「이인 이상」（二人以上），他還是願意在陌生的城市試一試運氣。結果，韓國人依舊帶笑堅持原則：不賣。八年後，他在張律（장률，一九六二—）的電影《群山：詠鵝》（군산：거위를 노래하다）再見群山，裡邊有個失婚女也拒絕丈夫學弟的求愛。

另一日，他坐上湖南線（호남선）高速大巴到瑞山（서산），下車發現候車室韓語盈耳，坐滿老人，年輕人似乎都出外奮鬥。等了一個小時，才搭上

六一一號巴士坐到終站，以訪孤島上的看月庵（간월암）。那一日偏巧退潮，島與大陸連成一線，海中廟失去孤絕之美。幸虧，附近黃澄澄一片油菜花可以悅目，都是春日爛漫的風光。等回程巴士時，一個稍胖的女人拖著一股菸味步入，問巴士來過嗎，你幾時開始等。他說，我沒有看到巴士。兩個人類一沉默，海鷗聲即湊耳聒噪。女人開始化妝，手袋對外揭開菸味的謎底：裡邊有香菸盒。

啟程南下光州那個早上，買了一張「입석」（漢字作「立席」，站票），登車方知不提供座位，需站上兩個多小時，一對深藍外套的中年男女寧可席地相守並坐。到了光州松汀站，就近找上一家汽車旅館，櫃檯中年婦女帶笑打出一句暗語，問，有女朋友嗎，他用一句根絕麻煩：我已經結婚了。下午坐車額打著「운주사」（雲住寺）的巴士出發，一路都是老人登車。司機開車一半，突然停在路邊便利店，彷彿有貨要托運。不，司機只是下車買一瓶礦泉水，上車後當即開啟。此後，近乎兩小時的漫長車程，買水已經是先見之明。經過有傳統韓屋與田地的和順（화순），韓國才終於脫掉現代的外衣。車廂再一次成為牢獄，他只能坐直身體，隔著玻璃對那一份鄉野之美致敬。

告別光州之前，手刷網路新聞，發現一個時空巧合：馬來西亞淨選盟獲得光州人權獎（광주인권상）。南下統營（통영），一個洪常秀（홍상수，一九六

〇一）電影《愛情，說來可笑》（하하하）告知的地名。入住面向港灣的拿波里汽車旅館（나폴리모텔，象徵統營地勢的命名），窗前已經是景，坐纜車登高佇望，才發現全市是一盤美麗的棋局，遠近都是大小的藍綠島嶼。回程跟一群老人家封鎖在同一趟纜車，只聽他們煞風景地計算，單程韓圓八千，一日下來究竟可以賺多少。

統營有詩人、小說家、音樂家和畫家的故居，都在複述一句老話：地靈人傑。白晝，全赫林（전혁림，一九一五—二〇一〇）美術館休館，他去了一趟青馬文學館（청마문학관），是詩人柳致環（유치환，一九〇八—一九六七）的故居，聽著一波波的詩歌朗誦聲拍擊耳邊。入夜，沿街一排店充滿單調的競爭，只賣海鮮，忠武紫菜包飯（충무김밥，配辣魷魚一起吃）和蜂蜜麵包（꿀빵，油炸物）三樣食物。

十六天的春季之旅，他日夜只盼可以一嘗烤鯖魚（고등어구이）。韓語教科書和韓檢考古題的韓國菜，總是不離拌飯和烤肉；提及城市，只肯介紹首爾、釜山，濟州島三大熱門地。他不肯接受這些說法，總覺得惋惜，韓國還有別樣菜可以賣，不是嗎？

那一日，群山拒賣單人份烤鯖魚，他回到東首爾客運站時，步入一家餐廳

群山市《八月照相館》的拍攝地。

雲住寺的佛像。

對著下廚的大媽喊了過去：請給我烤鯖魚。之後端上桌者，卻是一碗湯麵，那是錯賣。只有抵步釜山，才出現奇蹟。在下著春雨的一日早晨，他步落地下街，一家餐館已經開了。人還站看牆上餐牌，一位靠牆坐著喝酒的老人家說，進來吧。大媽繫著圍裙轉身出來待客，說了一句了不起的開場白：只要你點的，都可以做出來。

菜還沒送到，先嗅及一陣烤魚香，他終於確認一點：他餓了幾乎一整個旅程，就等著這一頓。一個頗大的漆花托盤送上來，彷彿在辦大喜宴，八道小菜，一鍋大醬湯，一碗米飯，半邊烤鯖魚，誰能不感到自己備受款待呢？然而，不管釜山多好客，那終究是最後一站，他已經要告別韓國了。

（三）

離開韓國人的大本營之後，他一直活在到處有韓國人閃現的世界。在澳洲墨爾本街頭，電車窗口播放過這樣的一幕：一群衣色五彩繽紛的大媽在色澤低沉的老建築前高聲喧譁，輪流要給對方拍照。

在匈牙利李斯特·費倫茨機場準備通關時，韓國領隊不顧國體，慫恿一大群大媽胡亂插隊。他跟妻看著，心裡只有難受，前面站著一對皺眉的老外。西方人不容易分清亞裔，他很想啟口說一句「他們是韓國人」，以撇清不是華人。不，過去他在韓受過無數大媽的恩惠，如今只能痛恨領隊失職。在這一場鬧劇裡邊，扣掉屬於模範生的日本人，注定只能由同屬黃皮膚的華人背黑鍋。

冬天的葡萄牙波爾圖，帶著兩位小公園迷去放牧，見孩子爬高爬低，不免用中文喊小心。不久，來了一個韓國小家庭，跟著一位身分不明的女人，共組一個隨身攜帶的大韓民國。兩家孩子各據一物玩樂，大人小孩毫無交流，世界既近又遙，只剩下一道需要移開的語言屏風，就會露出彼此的真身。然而，誰應該主動開口說上幾句？也許，旅途太累，也許看顧孩子不容易，誰都不曾開口，一個繼續在明，一個繼續在暗，你說我聽。不然，最壞的想象可能已經發生：他們被誤當是韓國人的強鄰，所以連點頭一笑都沒有。

在摩洛哥首都拉巴特，將妻與二女兒安頓在火車站餐廳，帶著大女兒走往Mohamed VI 現當代美術博物館。途中經過一處，竟然有一家韓人教會（한인교회）。他才稍微吃驚，心裡馬上有一把聲音反駁：這有什麼稀奇呢？過去很長一段歲月，你都忙著從華人／華語的角度看世界，凡事以為獨一無二。未曾學習之前，只當韓文是世上其一的文字，待認真學習以後，就難免留意韓國、韓國人和韓語。從此，內心的天秤多了一個可供參照的體系，就顯得平衡一些。現在，你

終於可以說：世界豈止華人，到處一樣有韓國人的足跡。

在尼羅河流經的亞斯文，一家四口正跟獅子開大口的船家議價，要去河心小島上的費麗神殿。努比亞人欺生砍菜頭，不許旅客跟當地人湊團。碰巧遇見一對大邱來的韓國情侶走經，正埋怨埃及人的狡詐，就趕緊用韓語打招呼。原來，他們也在碼頭跟努比亞船家周旋多時，一肚子火。眼見六人已經湊成一團，努比亞船家繼續鬧說不是一起來，不能湊團，妻只好說，你聽不懂韓語怎麼知道我們不是朋友（天啊，報應來了，終於必須濫用這個詞），不是一起約好的。最後，韓語救了雙方，促成了一段共船渡的緣分。

在寮國龍坡邦半島，他曾有十多天的日子，可以單獨出入三十多座寺院寫生。彷彿只是擺姿態的間諜，手上的筆一停，他就不免坐看人來人往，然後做人種歸類。韓國的年輕人總是喜歡成群結隊（相對於日本人的獨來獨往），走在寺院牆外一樣高聲語，忘了寮國是個沉靜之地，人們細聲細氣。也許，崔甲秀（최갑수）的那一本隨筆集《路上沒有你也會好好走下去》（행복이 오지 않으면 만나러 가야지）在年輕人之間已經泛起漣漪，才會為龍坡邦招來許多喧囂。

最後四天，遷入一家法國女子經營的中價位民宿，房間裝潢與早餐都盡顯主人細密的心思與高雅的品味。要離去當天，猶豫多時者終於肯走回一家法國

餐廳買一本關於龍坡邦的法語書。他匆匆下樓，走經擱有幾把大傘供客人吃早餐的地方，卻碰見一副中年身影，手持一冊精裝本韓語書。那是太稀有的韓國人，心裡拿捏不定是否應該打招呼。誰知，對方已經抬頭帶笑，他只好放慢腳步，還以淺淺一笑。然後，他終究把心一橫，疾步踏出大門，從此心裡一直有一句話迴盪：「한국분이세요？（您是韓國人嗎？）」

（後記）

十年之後

過去十年，書店裡總有一塊「禁區」，不是我應該輕易走近之處，只能由著妻一人獨佇翻看一本本遊記。不然，跟在她身旁多待片刻，耳邊就會響起帶笑說的一句，你看，人家才去（請自行填上世界任何一處的國名或地名）一趟就寫一本書，你幾時要寫韓國？

偶爾，不由枕邊人的提醒，也會接獲這個世界發出邀稿的訊息，說：你還記得那一段旅韓的日子嗎？其中一回，是二〇一七年遊覽維也納阿爾貝蒂娜美術館時，一陣又一陣的眼熟，最後就在埃米爾．諾爾德（Emil Nolde，一八六七—一九五六）的《月光之夜》（一九一四）前，我才警悟壁上的一部分圖畫跟自己一樣，都是旅韓歸來者，曾在二〇一〇年借給首爾德壽宮展出。二〇一〇年秋日在古宮的一面之緣，已經是叫人懷念的最初。

然而，只要想著旅韓時曾留下幾本韓語日記，無數的對話訊息，幾乎逐日的臉書紀錄，記憶已經不怕丟失，一個中年人便有恃無恐地一年年拖延下去。畢竟，寫作素材不像冰箱裡邊的菜肉，必須及時煮炒，才能免於腐爛。

終於，大疫已至，下筆隨時都是遺言。一路防疫走來，兩個女兒都已經升學，其中一個更是進入早出晚歸忙課業的青春期，中年人心中縱有千言萬語，都只宜化為一封可以反複閱讀的長信，先寫給未來可能想出國深造的兩位少女。

全書動筆於二〇二二年八月三十一日，結束於二〇二三年五月十日，生活總是出手支開書桌前的人影，讓他八個月後才得在臉書連載完畢。起初數篇，是以「我」為敘述人稱，漸漸敲打鍵盤者卻發現：隔著相當距離的「他」，才是可以暢所欲言的人稱。那一段邊寫邊貼文的日子，總是獲得馬華文壇前輩游枝先生的積極回應；如今游先生已經謝世，未能一睹此書的結集出版，我怎能不生十年已晚之嘆？

此書之成，得先感謝三位編輯（名字不分先後）在旅韓期間和之後的邀稿，那是給《大叔旅韓記》的寫作鋪下了幾塊重要的基石。新加坡《聯合早報》前編輯周星利曾刊登過〈櫻花的冷與熱〉（原名〈一片櫻花，兩種看法〉），

〈古墓派未竟的追尋〉（原名〈走向君主魂歸處〉），〈五大古宮尋秋〉（原名〈古宮秋楓〉）和〈聆聽壁畫的心事〉（原名〈聆聽首爾壁畫的告白〉）；台灣《聯合報》編輯王盛弘和馬來西亞《商海》前編輯彭健偉曾分別刊登過〈舌頭才說真話〉（原名〈由舌頭決定勝負吧〉）和〈愛國教育的養成〉（原名〈上一課免費韓式愛國教育〉）。

入韓之初，碰上簽證問題差點被逼重新入境時，幫忙編輯過小說集《腿》與《幸福樓》的淑清曾說過「來台可以住我家」。倦鳥歸巢後，她說可以考慮將旅韓經歷寫出來，那時中年人只覺得以「大叔」視角來看韓國——年輕人的追夢之地，並無太多新奇之處，就遲遲沒下筆。這回，要感謝初安民先生、江一鯉姊的賞識，還有健瑜肩負編輯、校對的重任，才能讓中年人的一段遊歷化為讀者的手上書。

在慶熙大的時候，承蒙金重燮教授、趙顯龍教授和金秀姬老師的協助，才能順利轉校安定下來。儘管中年人不怕孤獨，偶爾卻有落寞的時候，已故馬華詩人陳強華總是隔空打氣。升上高級班，讀到課本收有精簡的「물심양면」（漢字「物心兩面」，物質與精神）一詞，只想到要轉贈給多方面幫助我的同鄉悅寧，他總是以他的淵博和耐心回應大小事務，所以他的身影出入多篇文字，在《大叔

旅韓記》占了一定的比例。當年，他還給孤僻的異鄉客介紹朋友，才有了我和貝洳的一段交誼。

二〇一二年的首爾聚集著幾位新雨舊知，其中剛認識的Kenzie君曾給我無數幫助，加上兩位在馬來亞大學教過的學生業立和秋霓相伴，我們總是一塊吃煎餅喝冬冬酒。那時，在座的四人各有各的迷茫，首爾彷彿只是汪洋中的孤島，未來是環繞周遭的黑暗大海，還不知道前方會有什麼船班來渡人脫困。不管學成或放棄，去留都一樣茫然。飯飽以後，我們曾在里門路一帶吹著夜風晃蕩，有一語沒一語調侃彼此。

十年過去了，韓國是一條幾乎要放下的線索，只在二〇一六年初做過一次家庭旅行，幾個月後櫻開時，又偕友赴韓一次，如此而已。其中一回，曾約不丹小弟在慶熙大附近的地下茶室喝茶，兩人待要點飲料，卻乍然忘記韓語的「糖」應當作「설탕」（漢字「雪糖」，白糖）還是「사탕」（漢字「砂糖」，糖果），就在櫃檯前帶笑你來我往，將兩個詞匯拋來拋去。待兩人回頭一顧時，櫃檯收銀員的臉已經變色了。

二〇二二年，韓國KBS台拍攝不丹小弟婚後的生活，其中一幕他而對佛像誦經，這種虔誠我並不陌生。十年前秋季上完中級一，本來約好一起預習中級二，他讓我在清晨的學校食堂空等，最後竟然說，不來了。之後，受邀上他家吃晚飯時，入屋便見一尊佛供奉著。如今坐四望五，我已經是「老大叔」，不丹小弟在韓國娶妻生子，「大叔」之稱後繼有人了。

隨著《大叔旅韓記》的付梓出版，書店「禁區」的解放已經在望。一個曾經跟妻女「告假」離去的中年人，十年之後終於可以一書回報，然後說一句，謝謝妳，親愛的，那一段歲月已經在這裡了。

INK PUBLISHING 文學叢書 719

大叔旅韓記

作　　者	陳志鴻
總 編 輯	初安民
責任編輯	陳健瑜
美術編輯	黃昶憲
校　　對	孫家琦　陳健瑜　張瑞香　陳志鴻

發 行 人	張書銘
出　　版	INK 印刻文學生活雜誌出版股份有限公司 新北市中和區建一路249號8樓
電　　話	02-22281626
傳　　真	02-22281598 e-mail：ink.book@msa.hinet.net
網　　址	舒讀網http://www.inksudu.com.tw

法律顧問	巨鼎博達法律事務所 施竣中律師
總 經 銷	成陽出版股份有限公司
電　　話	03-3589000（代表號）
傳　　真	03-3556521
郵政劃撥	19785090 印刻文學生活雜誌出版股份有限公司
印　　刷	海王印刷事業股份有限公司

港澳總經銷	泛華發行代理有限公司
地　　址	香港新界將軍澳工業邨駿昌街7號2樓
電　　話	852-27982220
傳　　真	852-31813973
網　　址	www.gccd.com.hk

出版日期	2023年 11 月　　初版
ISBN	978-986-387-684-7
定價	450元

國家圖書館出版品預行編目資料

大叔旅韓記／陳志鴻 著；
--初版．–新北市中和區：INK印刻文學，2023. 11
面； 14.8 × 21公分. --（文學叢書；719）
ISBN 978-986-387-684-7 (平裝)

863.55　　112016836